Elisabeth Dreisbach · Hotel Rosenhain

Elisabeth Dreisbach

Hotel Rosenhain

Christliches Verlagshaus

Die Deutsche Bibliothek – CIP-Einheitsaufnahme

Dreisbach, Elisabeth:
Hotel Rosenhain / Elisabeth Dreisbach. – Neuaufl. – Stuttgart :
Christliches Verl.-Haus, 1997
Früher u.d.T.: Dreisbach, Elisabeth: Wilhelma und ihre Gäste
ISBN 3-7675-7034-3

Früher erschienen unter dem Titel »Wilhelma und ihre Gäste«.

1. Auflage als Taschenbuch

Umschlaggestaltung: Dieter Betz, Weissach
Umschlagfoto: Gerd Ulmer, Hemmingen
Gesamtherstellung: Druckhaus West GmbH, Stuttgart
ISBN 3-7675-7034-3

Inhaltsverzeichnis

Der verhängnisvolle Schulaufsatz

Das Laub begann sich schon gelb zu färben. In anderen Jahren war der Betrieb in dem Kurort Fichtenau im schönen Schwarzwald um diese Zeit bereits im Abnehmen begriffen. Dieses Jahr schien der selten schöne Spätsommer noch viele Fremde zu längerem Verbleiben zu veranlassen. Herr Bleubert, der Besitzer des größten Hotels, schmunzelte. Sein Haus war noch vollbesetzt, und für die nächsten Wochen hatte sich sogar noch eine ganze Anzahl Gäste angemeldet. Wohl waren die meisten Rosen im Park bereits verblüht, aber die bunte Schönheit der Dahlien und Georginen war auch nicht zu verachten. Überhaupt war es, als wollte die kleine Schwarzwaldstadt in diesem Herbst ihr schönstes Kleid zur Schau tragen. In verschwenderischer Fülle und Farbenpracht blühten vor allen Häusern, in Gärten und Anlagen, besonders aber im Kurpark die Herbstastern. Die Blätter der Kastanien- und Ahornbäume leuchteten im Schein der Sonne in allen Farben. Ganz besonders aber hoben sich die jungen Plantanen hervor, die im Kurgarten um die Springbrunnenwiese gepflanzt waren. Das leuchtete vom zartesten Gelb bis zum blutigsten Rot. Dazwischen waren grüne, braune und orangenfarbene Flecke malerisch verteilt. Es war eine Pracht. – Ja, das mochte den Gästen gefallen.

Wilhelma Bleubert, die einzige Tochter des bekannten Hotelbesitzers, schien heute nichts von der bunten Schönheit rings um sie her wahrzunehmen. Sie befand sich auf dem Heimweg von der Schule. Unmutig ging sie ihren Weg. Ihr Gesicht war wieder einmal düster umwölkt. Sie schien die Reden ihrer Schulkameradinnen, die mit ihr den gleichen Weg zu gehen hatten, nicht zu beachten, obwohl diese ein wichtiges Thema behandelten.

»Ich möchte nicht an ihrer Stelle sein«, sagte ein keckes Ding. »Das setzt was von ihrem Vater.«

»Ich finde es ja auch blöd«, sagte eine andere.

»Sie muß immer etwas Besonderes tun«, meinte eine dritte.

»Na, der Vater wird ihr diesmal wohl auch etwas Besonderes geben.«

Jetzt lachten alle, und es klang direkt schadenfroh. Wilhelma kümmerte sich nicht darum. Sie beschäftigte sich aber selbst stark mit dem Vorgang, den die Mädchen eben so wichtig behandelten.

In ihrer Schulmappe befand sich ein Heft, das sie wie ein schweres Gewicht mitschleppte. – Das Aufsatzheft! – Der Lehrer hatte der Klasse ein Thema gegeben: »Die Freuden des Kurbetriebes«, und dann lang und breit darüber gesprochen. Die Antworten waren auch schnell und befriedigend erfolgt. Die Freuden des Kurbetriebes aufzuzählen, das war doch nicht schwer. Die interessanten und eleganten Fremden aus dem In- und Ausland, die das sonst so stille Straßenbild während der Saison belebten, – der Kurgarten, in dem allerlei Festlichkeiten veranstaltet wurden, – italienische Nächte mit märchenhafter Beleuchtung und Feuerwerk, – Trachtenfeste und Kinderbälle. Ja, der Kurbetrieb brachte ständig Abwechslung. Mit wahrem Feuereifer nahmen die Kinder die Arbeit auf. Nur eine beteiligte sich ganz freudlos daran: Wilhelma Bleubert. Als der Lehrer die Aufsätze korrigierte, traute er seinen Augen nicht. In Helmas Aufsatzheft standen nur wenige Sätze.

»Ich hasse alle Fremden und wünschte in einer Stadt zu wohnen, die keinen Kurbetrieb hat.«

Herr Stählin war entrüstet. Das schrieb die Tochter Bleuberts, des Besitzers des ersten Kurhotels, dessen Haus den größten Zulauf von Fremden aufzuweisen vermochte? Nein, das durfte nicht ungestraft bleiben. Er stellte Wilhelma vor der ganzen Klasse zur Rede.

»Sage mir, wieso du zu solch einer unpassenden, um nicht zu sagen unverschämten Meinung kommst?«

Das Mädchen gab keine Antwort.

»Du bist ein verstocktes Kind!« fuhr es der Lehrer verärgert an. »Zur Strafe wirst du deinem Vater den Aufsatz vorlegen und mir das Heft mit seiner Unterschrift versehen zurückbringen!«

Helma wußte, was das bedeutete, aber sie hatte nicht anders handeln können. Was für ihre Kameradinnen nur Freude und Unterhaltung bedeutete, war für sie eine Qual. Sie war ein zu ehrliches Kind, um etwas anderes zu schreiben, als was sie wirklich empfand. Wäre doch nur die Szene mit dem Vater erst vorbei! Sie fürchtete sich davor.

Im kleinen Privatwohnzimmer war Frau Bleubert gerade dabei, den Mittagstisch für ihre Tochter zu decken, als Wilhelma eintrat.

»Es ist recht, daß du pünktlich kommst«, sagte die Mutter, »ich kann mich gerade einen Augenblick freimachen und bleibe so lange bei dir.«

Helma, so wurde sie im Hause allgemein genannt, hatte gar keinen Appetit. Das fiel Frau Bleubert natürlich gleich auf.

»Schmeckt es dir nicht?«

»O doch – aber …!«

»Nun?«

»Ach Mutti, es ist wieder etwas ganz Dummes passiert, und diesmal ist es, glaube ich, sehr schlimm.«

»Um Gottes willen, Kind, du jagst mir einen Schreck ein! Was ist es denn?«

Und nun berichtete Helma die Aufsatzgeschichte. Es war leichter, mit der Mutter darüber zu sprechen als mit dem Vater.

»Aber Helmchen, wie kannst du mir so etwas antun? Und der Vater soll das auch noch unterschreiben? Das gibt ja wieder einen schönen Auftritt. Sag mal, Mädchen, ist es dir denn nicht klar, daß du deine Eltern damit beleidigst? Du bist unser einziges Kind. Wir leben und arbeiten nur für dich – und so dankst du uns alle Mühe!«

Tatsächlich, die Mutter weinte. Helma spürte ein Würgen im Hals. Am liebsten hätte sie sich jetzt an die Mutter geschmiegt und sie gebeten: Sei mir doch nicht böse, ich will wirklich nichts Dummes mehr machen, und undankbar will ich auch nicht sein, – versteh mich doch, ich konnte einfach nicht anders!

Aber sie brachte kein Wort heraus. Mit gesenktem Kopf und hängenden Armen saß sie der Mutter gegenüber. Das schöne Kalbsschnitzel und die goldgelben Bratkartoffeln wurden kalt, ja, Helma rührte nicht einmal die Sahnenachspeise an. Da war wieder das Dunkle, Drükkende, das ihr ganzes Kinderleben beschwerte und sie gar nicht mehr froh werden lassen wollte, – und, es lag klar auf der Hand, es war gar kein Zweifel, niemand anders war schuld daran als die Gäste! Nur die Gäste! Alles wäre ganz anders, wenn sie in einem Privathaushalt leben könnte wie die anderen Kinder, und der Vater, wie andere Männer auch, seinem Beruf nachgehen würde.

Helma steigerte sich wieder hinein in ihren alten Groll und fand jetzt erst recht kein gutes Wort für die Mutter, sondern stieß hervor: »Und ich hasse sie doch, die Fremden!«

»Ich verstehe dich nicht!« Mehr sagte die Mutter nicht. Dann ging sie traurig hinaus und nahm den unglücklichen Aufsatz mit. Helma aber saß noch lange auf ihrem Platz. »Bald hat mich überhaupt niemand mehr lieb«, redete sie sich ein. »Die Mutter versteht mich nicht mehr. Den Lehrer habe ich gekränkt, und der Vater hat schon lange einen Zorn auf mich, da bleibt mir nur noch meine gute Rike, – und schließlich noch Hans, – ach, ich wollte...« Doch was sie eigentlich wollte, wußte Helma selber nicht. Aber sie war auf dem besten Weg, sich in ein krankhaftes Gefühl der Bitterkeit und des Unverstandenseins zu verirren. Helma war in Gefahr!

Trotz der vielen Pflichten machte sich Frau Bleubert am Nachmittag zu einem Ausgang fertig. Sie tat es heimlich und stahl sich aus dem Haus, damit ihr Mann nichts von ihrem Vorhaben merkte. Diese heimliche Art war ihrem Wesen zuwider. Aber heute blieb ihr gar keine andere Wahl.

Nun saß sie in der Wohnung des Lehrers Stählin, der sie, erstaunt über diesen Besuch, in sein bestes Zimmer geführt und sich ihr gegenüber in einem Stuhl niedergelassen hatte.

»Herr Stählin, ich komme wegen Helmas Aufsatz«, begann Frau Bleubert und zog das schwarze Heft ihrer Tochter aus der Tasche. »Es ist ganz unmöglich, daß mein Mann davon in Kenntnis gesetzt wird. Denken Sie doch, was ihm die törichten Worte seines Kindes bedeuten müssen! Er ist ohnedies schon durch den großen Betrieb unseres Hauses ständig gereizt und sehr nervös. Bitte sehen Sie von einer Unterschrift ab.«

Herr Stählin sah, daß Frau Bleubert ehrlich bekümmert war. Er behandelte daher die Angelegenheit seiner Schülerin etwas nachsichtiger, als er es sonst vielleicht getan hätte.

»Ich will Ihnen gewiß keine Unannehmlichkeiten mit Ihrem Gatten heraufbeschwören«, antwortete er. »Aber Sie begreifen sicher, Frau Bleubert, daß ich derartige Ungezogenheiten in meiner Klasse nicht durchgehen lassen kann, und eine bodenlose Ungezogenheit ist es, wenn die Tochter des Besitzers des größten Hotels am Orte schreibt: ›Ich hasse die Fremden.‹ Sagen Sie doch selber, was wäre unser Ort ohne den Fremdenverkehr? Fast alle Familien leben von ihm. Erlauben Sie, daß ich frage, was wäre Ihr Haus ohne Kurbetrieb?«

»Ich weiß es – ich weiß es wohl, Herr Stählin.«

»Wilhelma ist bald elf Jahre alt. Sie muß wissen, daß sie sich so etwas nicht erlauben darf. Es ist eine Nichtachtung der Tätigkeit ihres Vaters. Jeder weiß es, welch ein fleißiger, strebsamer Mensch und tüchtiger Fachmann Herr Bleubert ist!«

»Ich weiß es, ich weiß es.«

Frau Bleubert sah gequält aus. Außerdem konnte sie eine sich steigernde Unruhe darüber, daß sie das Haus heimlich verlassen hatte, nicht verbergen. Wenn sie gerade jetzt dringend gebraucht würde, und ihr Mann nach ihr fragte…

»Haben Sie Geduld mit Helma«, bat sie den Lehrer, »sie ist bestimmt nicht boshaft, sondern braucht nur jemand, der ihre Wesensart versteht. Aber wer hat denn bei uns Zeit für sie?«

Jetzt meinte Herr Stählin in ihren Augen Tränen zu sehen. »Wir wollen die Aufsatzgeschichte als erledigt betrachten«, lenkte er ein. Dann bedankte und verabschiedete sich Frau Bleubert, um so rasch wie möglich wieder nach Hause zu eilen.

Herr Stählin aber mußte seiner Frau in der Küche schnell mitteilen, er sei soeben zu der Erkenntnis gekommen, daß auch im schönsten und größten Hotel anscheinend nicht der Himmel auf Erden sei.

»Ja, ja«, wiederholte Frau Stählin seufzend, »Himmel auf Erden«, und dann dachte sie sich ihr Teil.

Als Helma am Abend in ihrem Bett lag, kam die Mutter noch schnell für einen Augenblick zu ihr.

»Helmchen, die Sache mit deinem Aufsatz ist geregelt, ich war bei deinem Lehrer. Wir brauchen diesmal Vater nichts davon zu sagen. Aber nicht wahr, in Zukunft unterläßt du solche Sachen!«

Helma schlang in Dankbarkeit die Arme um den Hals der Mutter. Ein Seufzer entrang sich ihrer Brust. Aber es war ihr auch in diesem Augenblick unmöglich, Worte zu finden, um der Mutter zu sagen, was in ihrem Innern vorging.

Wie kann man den Sommer nicht lieben

»Meinetwegen könnte es immer Winter sein. Der Winter gefällt mir am besten!« Wilhelma Bleubert saß mit ihrer Mutter und Rike, der alten Kinderfrau, im Wohnzimmer neben dem großen Speisesaal, der jetzt ungemütlich und kahl wirkte, weil die Fensterläden geschlossen und sämtliche Möbel zusammengestellt und mit Schutzdecken umhüllt waren. In dem kleinen Wohnzimmer stand ein grünes Kachelöfchen, darin brannte ein lustiges Feuer, das eine behagliche Wärme und Stimmung verbreitete. Dazu kam, daß Rike auf die heiße Ofenplatte ein paar rotbackige Äpfel zum Braten gelegt hatte. Die schmorten jetzt und krachten und knackten geheimnisvoll. Dabei erfüllten sie das ganze Zimmer mit einem süßen Duft, so daß einem das Wasser im Munde zusammenlief. Helma fand es unsagbar gemütlich. Der Park draußen schien zu schlafen, wenigstens hatten alle Bäume und Sträucher weiße Schlafhauben aufgesetzt, und der Rasen war mit einem dicken Schneefederbett zugedeckt. Irgendwo jauchzten ein paar Kinder beim Schlittenfahren, aber Helma mochte nicht hinaus, sie fand es viel schöner im warmen Zimmer bei der Mutter und Rike. In ihren Händen hielt sie eine himmelblaue Häkelarbeit. Die Mutter saß im Sessel am Fenster und nähte Monogramme in die vielen neuen Küchentücher, die im Sommer gebraucht wurden. Rike half ihr dabei. Helma warf der Mutter einen zärtlichen Blick zu, und dann stieß sie einen wohligen Seufzer aus.

»Ach, wie ist es im Winter schön!«

Jetzt blickte Rike über ihre Brille hinweg zu dem Kind.

»Du bist vielleicht ein komisches Mädel! Andere Kinder sind unglücklich, wenn sie im Zimmer bleiben müssen. Die jammern, wenn es kalt ist, und können es kaum erwarten, bis es Frühjahr wird und sie draußen im Wald und auf den Wiesen herumtollen können. Wenn ich daran denke, wie wir als Kinder im Frühjahr auf die Berge stiegen und ganze Körbe voll Schlüsselblumen und Anemonen pflückten und uns mit Kränzen geschmückt haben … Ach, war das eine schöne Zeit!«

»Aber ich mag den Winter doch lieber«, beharrte Wilhelma auf ihrer Meinung.

Nun mischte sich auch die Mutter in das Gespräch. »Warum denn, Wilhelma? Gefällt es dir nicht auch, wenn die Sonne allen Schnee wegschmilzt und die ersten Grasspitzchen neugierig aus der Erde hervorgucken, damit sie dann den Gänseblümchen und Veilchen sagen können, daß es für sie schon warm genug sei und sie es wagen dürften, aus der schützenden Erde zu schlüpfen? Und ist es nicht schön, wenn die vielen Fliedersträucher im Park in voller Blüte stehen und so herrlich duften, daß man am liebsten gar nicht mehr ins Haus möchte? Ich werde nie vergessen, wie wundervoll alles blühte, als du vor zehn Jahren – nein, warte, im Mai werden es ja schon elf Jahre – auf die Welt kamst. Der Goldregen leuchtete, als wäre er wirklich aus purem Gold, und erst die Rosen, Helmchen, die vielen, vielen Rosen in unserem Park, das muß dir doch auch gefallen.«

»Ach ja«, antwortete das Kind gedehnt, »das ist alles ganz nett, – aber im Winter ist's halt doch am allerschönsten.

Im Frühling kommen all die fremden Leute, und im Sommer sind es noch viel mehr, und kein Mensch hat mehr Zeit für mich. Du, Mutti, rennst den ganzen Tag umher, immer muß man dich suchen, und Rike hat auch immer so schrecklich viel zu tun, und wenn man ein bißchen mit dem Zimmermädchen plaudern will, dann klingeln die Fremden wieder und wollen was von ihnen. Und wenn ich mal eine Schulkameradin mitbringe und wir nur ein ganz klein bißchen lustig und laut sind, dann kommt der Vater aus dem Büro gerannt und schimpft: ›Ruhe! – Die Gäste!‹

Auf dem Rasen darf man auch nicht herumspringen, Blumen darf ich auch nicht abpflücken, – aber die Fremden, die Gäste, die dürfen alles. Die sprechen auch nicht immer leise, und manche lachen ganz laut, auch um die Mittagszeit, wenn ich immer ganz ruhig auf einem Stuhl sitzen muß und mich nicht bewegen darf, damit die Gäste schlafen können. Der eine Mann ganz besonders, weißt du, Mutti, der so viel Gold auf dem Bauch und im Mund hat.«

»Gold auf dem Bauch und im Mund?« wiederholte Frau Bleubert fragend. »Wen meinst du denn?«

»Na, du weißt doch, auf dem Bauch hat er die dicke, glänzende Uhrkette und die blanken Taler, und fast alle seine Zähne sind aus Gold, der muß sehr reich sein. Ja siehst du, Mutti, der lacht auch immer so laut, aber mit dem schimpft der Vater nie. Und wenn der Hans mal einen Spaß macht und mich auf den Kofferwagen setzt und mit mir durch den Park fährt, dann ist gleich wieder der Vater da und zankt: ›Hans, was fällt dir ein? Was sollen die Gäste denken?‹ Und dann tut der Hans mir so leid, weil er doch mein Freund ist. Guck, Mutti, im Winter ist das alles ganz anders, da sind wir so schön allein, keine Fremden sind da, und du hast Zeit für mich, und Rike erzählt mir Geschichten. Und es ist so schön warm, und Bratäpfel haben wir auch, und manchmal fährst du mit mir Schlitten, – und Vater verreist, und wir sind ganz herrlich allein.«

»Aber Helmchen!« Wie aus einem Munde riefen es die beiden Frauen.

In demselben Augenblick öffnete sich die Türe und Herr Bleubert trat ein. Er schmunzelte vergnügt und hielt einen Brief in der Hand.

»So schön wie ihr möcht' ich es auch einmal haben«, sagte er gutgelaunt, und dann breitete er den Briefbogen auf dem Tisch aus. »Sieh, Margarete, da habe ich heute die Antwort vom Bürgermeisteramt bekommen, man ist gar nicht abgeneigt, allerlei zur Hebung des Skisportes zu unternehmen, ich denke, daß der Antrag wegen des Baues einer Sprungschanze auf der Hinterwaldwiese genehmigt wird. Ha, wenn unser Ort den Skifahrern mehr bietet, dann sollt ihr einmal sehen, wie sich die Sache hier mit einem Schlag hebt. Dann sind wir nicht nur auf die paar Sommermonate angewiesen und haben es nicht mehr nötig, im Winter das Haus zu schließen, als wäre es ein Grabgewölbe. Dann hört das ängstliche Rechnen auf, und wir haben im Winter wie im Sommer das Haus besetzt. Natürlich wird das Personal dann nicht mehr nur für den Sommer angestellt, sondern bleibt das ganze Jahr im Haus. Jawohl, das müssen wir erreichen. Dann erst lohnt es sich, ein solches Haus zu halten wie das unsrige.«

In seiner Begeisterung hatte Herr Bleubert gar nicht darauf geachtet, daß weder seine Frau noch Rike irgend etwas zu seinen Plänen geäußert hatten. Sie dachten beide nicht ohne Bangen daran, wie es sein würde, wenn sie auch im Winter in demselben Tempo durch die Tage hetzen müßten, wie es während des Sommers geschah.

»Packe mir doch heute abend meinen Koffer«, fuhr Herr Bleubert fort, »ich reise morgen mit dem Frühzug nach Freudenstadt, um mir den dortigen Winter-Hotelbetrieb anzusehen. Jetzt habe ich noch einige schriftliche Angelegenheiten zu regeln.«

Kaum hatte er das Zimmer verlassen, als aus der Ofenecke ein bitterliches Schluchzen drang. Erschrocken sprang Frau Bleubert auf: »Helmchen, was ist dir denn?« Rike aber nickte wortlos mit dem Kopf, sie ahnte, was in der kleinen Kinderseele vorging. Helma konnte eine ganze Weile gar nichts sagen. Endlich stieß sie weinend hervor: »Dann habe ich überhaupt nichts mehr von euch, dann ist's im Winter genauso schrecklich wie im Sommer.«

Frau Bleubert hatte das erregte Kind an sich gezogen und streichelte immer wieder beruhigend über die weichen, braunen Haare. Aber obgleich sie mit gütigen Worten ihr Töchterchen zu trösten versuchte, konnte sie es nicht verhindern, daß auch ihr Herz traurig und beschwert wurde. Bis vor kurzem hatte sie keine Ahnung davon gehabt, wie sehr auch Helma unter den Verhältnissen des Hauses litt. Sie selbst hatte immer wieder versucht, sich tapfer zu beherrschen, wenn es sie auch schwer ankam, daß zur Pflege des Familienlebens so wenig Zeit blieb. Gewiß, sie verstand, daß ihr Mann so viel wie möglich unternehmen mußte, um die vielen Unkosten, die das große Haus verursachte, zu decken. Allein die Pflege des Parkes verschlang jährlich eine große Summe Geld. Dazu mußte beinahe jedes Jahr etwas verändert oder erneuert werden, damit das Haus mit andern Hotels Schritt halten konnte. So hatte man im letzten Jahr in alle Zimmer fließendes Wasser legen lassen. Die Gäste wollten eben alles recht bequem und neuzeitlich haben. Da hieß es sonst überall soviel wie möglich sparen.

Allerdings, die Fremden durften nichts davon merken. Die wollten für ihr Geld auch etwas haben, und der Wahlspruch des Hausherrn lautete: »Für die Gäste nur das Beste!«

Niemand von den vielen Fremden ahnte, daß der Besitzer dieses vornehmen Hotels, in dem man vorzüglich wohnte und speiste, während der Wintermonate mit seiner Familie beinahe kärglich lebte, um durchzuhalten, ohne Schulden machen zu müssen. Sie, Frau Margarete, verstand es, daß ihr Mann fast krankhaft besorgt war, die Wünsche der Gäste zu befriedigen und alles zu tun, damit sie sich gerne im Hotel »Rosenhain« aufhielten. Aber der Gedanke, daß das Kind unter diesen Verhältnissen litt, daß es, wenn auch nicht äußerlich, so doch innerlich so viel entbehrte, schien ihr unerträglich.

Wilhelma war ein schönes Kind. Ihr kastanienbraunes Haar, zu einem Pagenkopf geschnitten, umrahmte ein feines, kluges Gesichtchen, aus dem ein Paar große, dunkle Augen fragend in die Welt blickten. Die Kurgäste unterhielten sich gerne mit dem zierlichen Töchterchen des Hotelbesitzers. Als es noch ein kleines Mädchen von drei, vier Jahren war, hatte es sich's gern gefallen lassen, wenn die eine oder andere der eleganten Damen ein Weilchen mit ihm spielte und es mit Süßigkeiten beschenkte. Aber im letzten Sommer war es der Mutter mehr als einmal aufgefallen, daß Helma sich abwandte und scheu und unnahbar tat, wenn ein Kurgast sich ihr näherte. Sie hatte geglaubt, es hinge mit einer gewissen Schüchternheit zusammen, jetzt aber, wo das Kind in solch leidenschaftlicher Weise gezeigt hatte, was in ihm vorging, sah die Mutter alles in einem andern Lichte.

»Ich mag die Fremden nicht!« schluchzte Helma jetzt aufs neue. »Und ich will nicht, daß sie auch noch im Winter kommen!« Das Kind war ganz erregt und sah in seinem trotzigen Aufbegehren wirklich aus, als würde es sich auf den ersten besten Kurgast, der sich blicken lassen würde, stürzen.

»Aber Helmchen«, wehrte die Mutter erschrocken über diesen Gefühlsausbruch ab, »wenn das der Vater hören würde! Denke doch, wenn keine Fremden zu uns kämen, dann müßten wir unser Haus und den Park und alles andere verkaufen. Und dann wären wir heimatlos. Du darfst nicht so von den Fremden reden; wir müssen froh sein über jeden Kurgast, der zu uns kommt. Und hast du nicht Ursache, dankbar zu sein? Denke einmal an die vielen Kinder, die es längst nicht so gut haben wie du.«

In dieser Art versuchte die Mutter noch eine ganze Weile dem Kinde zuzureden, aber es schien heute ganz unzugänglich und steigerte sich immer mehr in Erregung, bis die Mutter schließlich in Sorge war, ob es wohl krank sei, und es frühzeitig zu Bett legte. Sie selbst blieb noch lange wach. Die Sorge um das Kind ließ sie nicht zur Ruhe kommen. Für wen arbeiteten sie denn eigentlich, sie und ihr Mann? Doch nur für das Kind. Das einzige Kind, das seltsamerweise in dem großen, schönen Haus nicht glücklich zu sein schien. –

Der Winter hatte sich empfohlen. Er war diesmal nicht sehr streng gewesen. Wohl hatte es viel geschneit, aber der frühzeitig auftretende warme Südwind hatte den Schnee sehr schnell wieder aufgeleckt. So war es auch nicht viel mit dem Skisport gewesen. Dazu hatte es mit dem Bau der Sprungschanze noch nicht geklappt. Ursache genug, um Herrn Bleubert in die denkbar schlechteste Laune zu versetzen. Jetzt war es Anfang April. Der Frühling hatte es dieses Jahr mit seinem Einzug sehr eilig gehabt. Die Sonne meinte es gut. Nun regten sich auch Herrn Bleuberts Lebensgeister wieder. Er ordnete umfangreiche Vorbereitungen für den Sommer an. Sämtliche Läden wurden geöffnet und die Fenster weit aufgerissen, so daß die Sonne überall hineinhuschen konnte.

Alle Betten wurden hinunter auf den Rasen getragen, gesonnt, geklopft und gebürstet. Frau Bleubert und Rike liefen mit Kopftüchern herum, und durch sämtliche Zimmer, Treppenhäuser, Säle und Gänge ergossen sich ganze Ströme von Seifenwasser.

Zwei Zimmermädchen, die schon lange die Saison im Hotel Rosenhain mitmachten, wurden früher als die anderen angestellt, damit sie beim Fest des Großreinemachens tatkräftig mitwirken konnten. Sie scheuerten und putzten sich die Hände voller Blasen. Auch Helma mußte schon mithelfen. Sie trug der alten Rike, der das Treppensteigen oft beschwerlich wurde, die frische Bettwäsche herbei, damit sie die Betten beziehen konnte. Außerdem hatte ihr die Mutter einen leichten Teppichklopfer gekauft, da machte das Helfen Spaß. Frau Bleubert freute sich, wenn ihr kleines Mädchen so munter herumsprang und ein frohes Gesicht machte. Es hat gewiß seinen Kummer wieder vergessen, versuchte sie sich einzureden. Bei Kindern geht es ja meistens viel schneller als bei Erwachsenen.

»So ist's recht«, sagte sie dann ermutigend zu ihrem Töchterchen. »Sei nur immer fleißig und lustig und vergnügt dabei. So gefällst du mir am besten!«

Wilhelmas elfter Geburtstag nahte. »Jetzt habe ich schon bald eine große Tochter«, sagte die Mutter. »Es dauert gar nicht mehr lange, dann reichst du mir bis an die Schultern.«

Da blickte Helma die Mutter bittend an: »Mutti, ich habe einen einzigen Geburtstagswunsch.«

»Was denn für einen, mein Kind?«

»Ich weiß zwar nicht, ob der Vater es erlaubt. Weißt du, ich möchte so gern ein paar Mädchen einladen. Elli Berner, Trudel Lindner und Käthi Wurster mit ihren beiden Brüdern. Ich fände das so fein, wenn wir im Speisesaal Kakao trinken und Kuchen essen dürften. Dann würden wir tun, als seien wir vornehme Kurgäste, und Anne müßte uns bedienen. Meinst du, der Vater erlaubt es, wenn ich ihn sehr darum bitte?«

Wie gerne hätte Frau Bleubert ihrem Kind diesen harmlosen Wunsch erfüllt, aber sie wußte von vornherein, was ihr Mann sagen würde. Jedoch brachte sie es nicht übers Herz, Helma gleich alle Hoffnung zu nehmen. »Wir fragen heute abend den Vater«, sagte sie, »mußt ihn schön bitten, vielleicht erlaubt er es dir.«

Es war inzwischen schon eine Anzahl Gäste angekommen. Die frühen Sonnentage hatten sie in den Schwarzwald gelockt. Herr Bleubert war wieder ganz in seinem Element. Eben war das Abendessen im Speisesaal aufgetragen worden. Er hatte hie und da ein paar liebenswürdige Worte mit den Gästen gewechselt, jetzt saß er in seinem Büro, um noch einige Anfragen zu beantworten. Ein kleiner Finger klopfte an die Türe.

»Herein!« rief Herr Bleubert und machte, da er einen Gast erwartete, sein liebenswürdigstes Gesicht. Ach, es war nur seine Tochter. Wilhelma schien das »nur« zu empfinden. Der Vater sah so enttäuscht aus. Wie konnte man da wagen, ihn um etwas zu bitten. »Nun, Wilhelma, was willst du?«

»Vater, ich möchte dich etwas fragen.« Helmas Stimme klang zaghaft und ängstlich.

»Also dann schnell, ich habe nicht viel Zeit.« Das war keine ermutigende Aufforderung. Aber das Kind gab sich einen Ruck.

»Vater, ich – habe doch bald Geburtstag. Darf ich dann ein paar Kinder einladen? Wir wollen auch gar keinen Lärm machen. Wir wollen nur ...«

Herr Bleubert ließ sie gar nicht ausreden. »Wie kannst du nur einen so törichten Wunsch äußern? Das ist ganz unmöglich. Kinder machen immer Lärm, und du weißt ganz gut, daß es wegen der Gäste nicht geht. Wir haben gerade jetzt ein paar ältere, sehr heikle Damen im Haus. Du solltest jetzt schon vernünftig genug sein und gar nicht erst mit solchen kindischen Einfällen kommen. Also daraus wird nichts. Ich will dir gerne einen andern Wunsch erfüllen, aber nicht diesen.«

Er hatte wohl die Enttäuschung auf dem Gesicht seines Töchterchens wahrgenommen und klopfte ihm bei den letzten Worten begütigend auf die Schulter. Solche Liebkosungen war Helma sonst nicht von ihm gewöhnt, und so versuchte sie es noch einmal. Bittend waren ihre Augen auf das herbe Gesicht des Vaters gerichtet. Sie faßte nach seiner Hand.

»Vater, – Vati, – erlaube es doch, nur dies eine Mal, bitte, bitte! Ich wünsche mir sonst gar nichts zu meinem Geburtstag.«

Jetzt wurde er schon ärgerlich. Er schüttelte die kleine Hand ab.

»Hast du eigentlich verstanden, was ich dir gesagt habe, oder nicht? Es bleibt dabei!«

In Helmas Augen standen Tränen, es zuckte um ihren Mund. »Dann laß uns doch wenigstens miteinander im Park spielen.«

»Das kommt gar nicht in Frage, das Rennen und Toben kann ich auf keinen Fall erlauben, wenn Gäste im Hause sind.«

Jetzt wurde Helma trotzig. »Die Gäste bringen auch manchmal Kinder mit, und die läßt du herumtoben, soviel sie wollen.«

»Werde nicht ungezogen. Das ist etwas ganz anderes. Das sind eben die Kinder der Gäste. Jetzt will ich aber kein weiteres Wort mehr darüber hören!« Herr Bleubert griff nach seinem Füller und wandte dem Kind den Rükken zu. Er sah nicht, wie das Gesicht seiner Tochter sich jäh verfinsterte und Tränen über ihre Wangen rannen. Vielleicht wäre er erschrocken, wenn er die Gedanken gelesen hätte, die in ihrem kleinen Kopf durcheinanderschwirrten.

Als die Mutter endlich aus der Küche heraufkam, wo sie mit dem Koch eine lange Verhandlung gehabt hatte, lag Wilhelma schon im Bett. Sie hatte sich in das Federkissen gewühlt und schluchzte herzzerbrechend: »Der Vater hat mich kein bißchen lieb, nicht einmal zum Geburtstag gönnt er mir eine Freude. Und nun kommt wieder der schrecklich lange Sommer, wo kein Mensch Zeit für einen hat. Oh, oh, ich wünschte, wir wären ganz arm und hätten kein so gräßlich großes Haus!« Als Frau Bleubert sich über das erregte Kind beugte, schlang dieses die Arme um ihren Hals und schluchzte leidenschaftlich: »Mutti, Mutti, laß uns in ein ganz kleines Häuschen ziehen, ganz allein, du und Rike und ich – – sag doch ja, Mutti, sag doch ja!«

Frau Bleubert saß noch lange am Bett des Kindes und hielt die zuckende kleine Hand in der ihren, bis Helma schlief. Sie konnte nicht annehmen, daß ihr kleines Mädchen nur aus Trotz, weil sie ihren Willen nicht bekam, so erregt war. Ach, wenn sie doch Zeit gehabt hätte, sich mehr um das Kind zu kümmern. War es nicht auch eine gewisse Härte ihres Mannes, daß er diese bescheidene Geburtstagsbitte des Kindes nicht erfüllte? – Es war schon sehr spät, da setzte sich Frau Margarete hin und schrieb noch einen Brief an ihre Schwägerin, Frau Schlierke, die mit einem Lehrer in Karlsruhe verheiratet war. Sie war ihr lieb wie eine Schwester. Ihr vertraute sie nun die Sorgen um Wilhelma an. Frau Schlierke war Mutter von vier Kindern, sie würde ihr gewiß einen guten Rat geben können.

»Erzähl' mir die schöne Geschichte!«

Rike war ärgerlich und zwar auf ihren Chef. Jemand anders hätte sich das nicht erlauben dürfen, wenigstens nicht so offensichtlich, aber Rike machte kein Hehl daraus.

Sie war schon ein Menschenleben lang im Hotel Rosenhain und hatte es miterlebt, als der jetzige Besitzer vor achtundvierzig Jahren hier zur Welt gekommen war. Allerdings war Rosenhain damals noch nicht das große, moderne Hotel von heute, sondern eine nette, kleine Fremdenpension, der Vater und Mutter Bleubert, Wilhelmas Großeltern, würdig vorstanden. Sie, Rike, war als ganz junges Mädchen ins Haus gekommen und hatte somit seinen ganzen Werdegang miterlebt.

Wilhelm, der einzige Sohn, betrachtete es als seine Lebensaufgabe, das Haus seines Vaters zu Ehren und Ansehen zu bringen. Wie ein Pferd hatte er geschafft, er war am Morgen der Erste und am Abend der Letzte. Und nun, nach Jahren, waren seine ehrgeizigen Pläne Wirklichkeit geworden. Aus der Pension Rosenhain war ein Hotel, und zwar das schönste und größte am Ort, geworden. Er hatte es geschafft, und diejenigen, die ihm während all dieser Jahre dabei geholfen hatten – dazu gehörte auch Rike –, wußten aus Erfahrung, was für unsägliche Opfer, Kraftanstrengungen und mühevolle Arbeit dieser Aufbau alle gekostet hatte. Sie alle wußten auch, daß Herr Bleubert im Durchsetzen seines Willens unbeschreiblich hartnäckig und unbeugsam war. Jawohl, und wenn er und die Seinen auch jetzt noch auf die Erfüllung manches Wunsches verzichten mußten, so war es ihm doch eine

Genugtuung, daß er der Besitzer des größten Hotels am Ort war. Das wußte die Rike sehr gut.

Seine verheiratete Schwester, die mit ihrer Familie in Karlsruhe wohnte, hatte einmal den neuen Bau besichtigt. Wilhelm Bleubert hatte sie voller Stolz durch alle Räume geführt. Da waren ganz unten die große Küche, die Vorrats- und Lagerräume für Lebensmittel, dazu die Zentralheizung. Im ersten Stock das Büro, das Lesezimmer, der große, lichte Speisesaal mit der mächtigen Terrasse davor, die an der ganzen Hausfront entlangführte, und außerdem die beiden nicht sehr großen Zimmer der Familie. Im zweiten und dritten Stockwerk befanden sich die Fremdenzimmer mit den dazugehörenden Baderäumen, und ganz oben waren die Stuben der Angestellten. Die ehemalige Pension hatte in einem netten, gut gepflegten Garten gelegen, wo sich der alte Bleubert vor allen Dingen in besonderer Weise mit der Zucht und Pflege verschiedener Rosenarten beschäftigt hatte. Wilhelm Bleubert hatte noch einige angrenzende Grundstücke dazugekauft. Es entstanden sehr schöne Rasenflächen, auf denen ausgesuchte Bäume und Sträucher gepflanzt wurden. Besonders aber ließ er einen wahren Rosenhain anlegen, damit der Name des Hauses auch gerechtfertigt sei. Drei Schwarzwaldhäuschen ließ er in lauschige Winkel dieses Parkes bauen, damit er besonders ruhebedürftigen Gästen ein ganz stilles Plätzchen bieten konnte.

Als nun Frau Schlierke zum erstenmal das Hotel und alles Neuerworbene besichtigt hatte, sah ihr der Bruder erwartungsvoll ins Gesicht und meinte, sie müsse jetzt in einen wahren Begeisterungsausbruch verfallen, aber er wartete vergebens. Eine ganze Weile sagte sie gar nichts, und dann meinte sie: »Du hast viel geleistet, Wilhelm, und ich wünsche dir von ganzem Herzen, daß du dich deines Erfolges freuen kannst, aber eigentlich ist es doch schade, daß fast gar nichts von unserer Kinderheimat übriggeblieben ist.«

Rike, die diese Worte mitangehört hatte, war ganz derselben Meinung gewesen und hatte zustimmend mit dem Kopf genickt. Er aber war mit der Hand durch die Luft gefahren, als wollte er eine Fliege totschlagen, und antwortete: »Das sind sentimentale Weiberansichten, wir Männer sind mehr für das Reale.«

Frau Schlierke hatte ihren ältesten Buben, den damals zehnjährigen Rudi, bei sich. Der erlaubte sich einzuwenden: »Onkel, da hast du doch für nichts anderes mehr Zeit als für das Haus.« Das hatte dieser als eine Schmeichelei aufgefaßt und gelacht: »Ja, ja, wenn man es zu etwas bringen will, darf man seine Zeit nicht vergeuden.«

Rudi aber hatte sich geärgert, daß der Onkel lachte, und er war ein wenig ungezogen geworden und hatte geantwortet: »Deswegen brauchst du aber unserer Mutti ihre Kinderheimat nicht zu zerstören!« Frau Schlierke hatte dem Jungen aber gleich verboten, sich in das Gespräch Erwachsener einzumischen, und sich wieder an den Bruder gewandt: »Doch, doch, Wilhelm, es ist ein sehr schönes Haus geworden, du kannst richtig stolz darauf sein!« Das war er auch zu Genüge. Sein Hotel war sein ein und alles.

Und dann war ein winzig kleines Menschenkindlein in das große Hotel gekommen und wollte hier auch gern seine Kinderheimat finden. – Ja, wenn es ein Junge gewesen wäre! Herr und Frau Bleubert hatten sich in den zwölf ersten Jahren ihrer Ehe so sehr ein Kind gewünscht, aber natürlich mußte es ein Junge sein. Ein Junge, der das

Haus, das Hotel, einmal übernehmen und im Sinne seines strebsamen Vaters weiterführen würde.

Ein Junge, – und selbstverständlich mußte er Wilhelm, wie sein Vater, heißen. Nach zwölf Jahren wurde ihnen ein Kind geschenkt, aber o Schreck, es war ein Mädchen.

Nie im Leben würde Rike den Tag vergessen, an dem sie Herrn Bleubert die Nachricht von der Geburt seines Kindes gebracht hatte. Sie meinte noch heute seine Worte zu hören, obgleich es nun schon elf Jahre her war.

»Ein Mädchen!« hatte er ganz erschrocken ausgerufen. – »Was sagst du, Rike, – ein Mädchen? Das ist doch nicht möglich, ich bitte dich, was soll uns ein Mädchen? Nein, das paßt mir ganz und gar nicht!«

Richtig entrüstet hatte er ausgesehen. »Erstens kommt dieses Kind zu einer gänzlich unpassenden Zeit auf die Welt, bedenke doch, die ersten Gäste sind bereits da, – und dazu ist es noch ein Mädchen!«

Sie hatte ihn damals eine ganze Weile durchbohrend angesehen, und er hatte, um seine Verlegenheit zu verbergen, erhaben getan und gefragt: »Bitte, hattest du eben etwas gesagt?«

»Nein«, war ihre Antwort gewesen, »bis jetzt nicht, aber ich habe dir etwas zu sagen. Schäme dich, daß du dein Kind, auf das ihr jahrelang gewartet habt, so wenig freundlich begrüßt.« Wenn sie mit ihm allein war, redete sie ihn wie in früheren Zeiten mit »du« an, nur in Gegenwart von Fremden nannte sie ihn »Herr Bleubert« und »Sie«.

»Du verstehst das eben nicht«, hatte er damals gebrummt.

Da war sie richtig ärgerlich geworden und hatte ihm eine derbe Antwort gegeben: »Ich verstehe nur eins, und zwar, daß du ein selbstsüchtiger Mensch bist, der nur immer an sich und den blödsinnigen Kasten denkt!«

Er hatte sofort gewußt, was sie meinte, und war hochgefahren: »Was, du unterstehst dich, unser Haus einen blödsinnigen Kasten zu nennen? Rike, ich verbitte mir diesen Ton. Muß ich dich erst wieder einmal daran erinnern, daß ich hier der Herr bin? Ich dulde es keinesfalls, daß du in solch respektwidriger Art vom Hotel Rosenhain redest. Wenn das ein Gast hören würde!«

Und sie hatte geantwortet: »Ja, natürlich, wieder die Gäste! Das ist deine einzige Sorge. Nein, ich vergesse nicht, daß du der Herr bist, aber ich werde auch nicht vergessen, daß es deiner Mutter größte Sorge noch auf dem Sterbebett war, daß das Herz ihres einzigen Sohnes nicht ganz zum Steinblock würde. Und wenn niemand es wagt, dem gestrengen Herrn Hotelbesitzer die Wahrheit zu sagen, so will ich als dein altes Kindermädchen es wenigstens tun. Meinst du nicht, daß es jetzt Zeit wäre, daß du dich einmal um deine Frau kümmern und dir dein Töchterlein wenigstens ansehen würdest?«

»Ja, ja, ich komme schon, geh nur.«

Und er war seufzend hinter ihr her in das Schlafzimmer getreten, wo sich seine blasse Frau sorgenvoll fragte, warum er noch nicht gekommen war, um nach seinem Töchterchen zu sehen. Sie, Rike, war taktvoll im Nebenzimmer geblieben, aber sie hatte doch jedes Wort verstehen können.

»Wilhelm«, hatte Frau Margarete mit ängstlich zitternder Stimme gesagt, »Wilhelm, – es ist ein Mädchen. Bist du sehr enttäuscht?« Er hatte nun wohl doch empfunden, daß es angebracht war, seiner Frau ein freundliches Wort zu sagen, aber es klang doch ziemlich griesgrämig, als er erwiderte: »Na, nun ist nichts mehr daran zu ändern.« Da hatte Frau Bleubert ihn ermutigt, sich das kleine Ding doch wenigstens einmal anzusehen, und über ihr Gesicht war ein Schein seliger Mutterfreude gehuscht. Sie, Rike, würde das nie vergessen. Herr Bleubert hatte vorsichtig den zartgeblümten Vorhang des Stubenwagens etwas beiseite geschoben und flüchtig hineingesehen. Er wußte mit dem winzigen Menschenbündel nichts anzufangen.

»Hoffentlich schreit es nicht so viel, es wäre fatal wegen der Gäste.« Das war seine nächste Sorge gewesen. »Es hätte uns besser gepaßt, wenn es im Winter gekommen wäre.« Und dann hatte er seufzend weitergesprochen. »Wie soll denn ein Mädchen einmal den großen Betrieb des Hauses überblicken und leiten? Und werden die Dienstboten vor ihr Respekt haben, und wird es sich von den Händlern nicht über die Ohren hauen lassen? Ach liebe Zeit, es ist einfach ein Ding der Unmöglichkeit, daß das gutgehen wird. Man muß es schließlich frühzeitig verheiraten und dem Schwiegersohn die Verantwortung übergeben. Ist das nicht in Wirklichkeit ein Jammer? Jetzt hat man sein Leben lang geschafft und sich wer weiß wie geplagt, und muß schließlich den ganzen Besitz einem Fremden überlassen –.«

Nun machte sich der arme Mensch heute schon Sorgen darüber, seine Tochter, die nicht einmal einen Tag alt war, gut zu verheiraten, und plagte sich in Gedanken mit einem Schwiegersohn herum. Da war Rike energisch aus dem Nebenzimmer gekommen und hatte sich erlaubt zu sagen, daß man mit diesen Gedanken vielleicht so lange warten könne, bis das Kind wenigstens aus den Windeln wäre.

Frau Bleubert hatte dann ihren Mann gefragt, wie denn

die Kleine heißen solle. Da hatte er gleich abgewinkt.

»Ach Margarete, das weißt du besser als ich, nenne sie, wie du willst, ich war eben nur auf einen Jungen eingestellt, mit Mädchennamen kenne ich mich nicht aus.« Und da sein Junge Wilhelm getauft worden wäre, nannte Frau Bleubert ihr kleines Mädchen, über das sich der Vater anscheinend gar nicht freute, Wilhelma.

Liebe Zeit, nun waren seitdem schon elf Jahre vergangen. Rike seufzte. Sie glaubte ja schon, daß Herr Bleubert seine Tochter auf seine Art ganz gerne hatte, aber es wäre gewiß kein Schaden gewesen, wenn er dem Kind ein wenig mehr Liebe und Interesse gezeigt hätte. Kleines Helmchen, dachte sie, es ist nichts, wenn ein so zartes Pflänzchen zuviel im Schatten steht.

In diesen Überlegungen wurde Rike durch Wilhelma jetzt gestört. Schmeichelnd legte das Mädchen sein Köpfchen an die runzelige Wange und bettelte: »Rike, erzähl mir doch wieder einmal eine Geschichte. Es ist so schrecklich langweilig.«

»O Kind«, erwiderte die Alte, »sieh nur, wieviel Gemüse ich noch zu putzen habe. Die Hausmädchen sind noch in den Zimmern beschäftigt, und das Küchenmädchen hat Ausgang, es kann mir also niemand helfen. Wie soll ich dir dabei eine Geschichte erzählen?«

»Komm, ich helfe dir!« Wilhelma holte eifrig ein Küchenmesser herbei. »Zeige mir nur, wie es gemacht wird, und dann erzählst du mir, ja?«

»Was soll ich dir denn erzählen?«

»Ach, irgend etwas von früher. Erzähle mir die lustige Geschichte, wie ich verschwunden war.«

»Die hab' ich dir doch schon so oft erzählt.«

»Das macht nichts. Ich hör' sie immer wieder gerne.«

Und Rike begann: »Du warst damals noch ein winzig kleines Pummelchen. Es war ein prachtvoller Sommertag, und deine Mutter hatte dich in den Wagen gelegt und drüben im Park auf die Wiese unter die Birkenbäume gefahren. Dann ging sie ins Haus, um dir ein Fläschchen mit Milch zu holen. Wie es nun einmal bei uns ist, sie wurde durch alle möglichen Leute und Angelegenheiten aufgehalten. Der Fernsprecher rasselte, sie mußte Auskunft geben, ein paar Kurgäste wollten sie dringend sprechen, der Koch hielt sie mit einigen Küchenfragen auf, kurz, es wollte nicht klappen.

Endlich, endlich hatte sie dein Fläschchen gefüllt und lief in den Park, um dir deine Milch zu bringen. Aber wie sie auf die Birkenwiese kam, war der Kinderwagen mit dir verschwunden. Sie guckte nach links, sie guckte nach rechts, sie lief um den Springbrunnen herum und suchte hinter der Buchsbaum- und Fliederhecke. Der Wagen war nicht da. Sie dachte, es hätte dich vielleicht jemand in den Schatten unter die langen Äste der Trauerweide gefahren. Aber auch dort war nichts von dem Kinderwagen zu sehen. Da bekam sie's mit der Angst zu tun und rief ganz laut und verzweifelt, als könntest du ihr schon Antwort geben, deinen Namen. ›Helma, Helmchen, Kind, wo bist du denn?‹ Keine Antwort. Sie rannte mit der Milchflasche in der Hand kreuz und quer durch den ganzen Park, aber du warst einfach nirgends zu sehen. Sollte denn ein Unglück geschehen sein, oder hatte gar jemand das Kind gestohlen? – Allerlei Greuelgeschichten fielen deiner Mutter ein. Sie wußte in ihrer Angst kaum noch, was sie tun sollte. Schweißtropfen standen auf ihrer Stirne. – Aber du warst verschwunden.

Plötzlich sah sie deinen Vater mit einigen Gästen aus

dem kleinen Schwarzwaldhaus im Sonnenwinkel – du weißt, hinten im Park – kommen. Er hatte den Herrschaften die Räumlichkeiten gezeigt und war gerade dabei, mit ihnen über den Preis für einige Wochen Aufenthalt zu verhandeln. Da stürzte ihm deine Mutter mit der Milchflasche entgegen: ›Wilhelm, – das Helmchen ist fort! Weißt du, wo das Kind ist?‹ Na, du kannst dir denken, was das für deinen Vater war. Er warf ihr auch einen Blick zu, daß sie errötete. Aber alles andere war ihr jetzt vollkommen unwichtig.

›Ich bitte um Entschuldigung‹, sagte sie zu den Herrschaften, ›aber mein kleines Mädchen ist verschwunden.‹ Dein Vater unterbrach sie und sagte zu den Gästen: ›Darf ich Ihnen meine Frau vorstellen?‹ Aber es dauerte deiner Mutter viel zu lange, – und weil dein Vater auf ihre angstvolle Frage gar nicht einging, gab sie sich erst gar keine Mühe, die Namen der Fremden, die ihr genannt worden waren, zu behalten, und rannte mit ihrer Milchflasche davon. Na, das war, wie du dir denken kannst, ein schweres Verbrechen den Gästen gegenüber.

Wieder suchte die Mutter weiter, rannte verzweifelt alle Wege ab und schließlich ins Haus hinein, wo sie außer sich vor Aufregung nach mir rief: ›Rike, Rike, weißt du, wo das Helmchen hingekommen ist?‹ Ich war damals gerade so wie heute mit den Mädchen beim Gemüseputzen. Ich hatte natürlich auch keine Ahnung, wo du stecktest. Im Gemüsekorb warst du nicht. Hättest du damals schon laufen können, so hätte man gewiß angenommen, du seiest auf und davon, aber du konntest ja kaum richtig sitzen, geschweige auf deinen Beinchen stehen. – Also das ganze Haus geriet in Aufregung und durcheinander. Alles suchte nach dem verschwundenen Kind. Dein

Vater aber war noch immer sehr erregt, daß deine Mutter sich nach seinen Begriffen vor den Fremden so unpassend benommen hatte. ›Ich bitte dich‹, fuhr er auf, ›wie kannst du dich so vergessen? Ich hätte mich nicht gewundert, wenn die Leute sofort das Haus verlassen hätten, wo die Frau des Besitzers einem mit der Kindermilchflasche, an der sich noch ein Gummisauger befindet, entgegenläuft.‹

Da wurde aber deine sonst so ruhige Mutter auch aufgebracht. ›Liebe Zeit, Wilhelm‹, rief sie, ›laß doch endlich mal die Gäste aus dem Spiel! Begreifst du denn nicht, daß es mir jetzt nur um das Kind zu tun ist!‹ Ihre Wangen glühten, ihr Haar war zerzaust und die Augen rot vom Weinen. Sie hatte ja so schreckliche Angst um dich.«

»Die gute Mutti!« unterbrach Wilhelma die alte Frau. »Aber siehst du, Rike, so war es immer, die Gäste gingen beim Vater immer vor.« Grollend stieß das Kind die letzten Worte aus.

Rike mochte empfinden, daß sie das Feuer in dem kleinen, leidenschaftlichen Herzchen nicht auch noch schüren dürfe und versuchte einzulenken: »Du mußt auch den Vater verstehen, Helmchen. Er denkt dabei bestimmt an euer Wohlergehen, denn sieh, wenn keine Gäste mehr ins Haus kämen, wäre es gar schlimm mit euch bestellt. Aber ich will weiter erzählen. Also wir stellten damals das ganze Haus auf den Kopf. Du warst und bliebst verschwunden.

Wie wir alle noch in der größten Aufregung waren, erschien plötzlich der Hausknecht, der Hans. Er war auf dem Bahnhof gewesen und hatte das Gepäck der neuen Gäste geholt. ›Was ist denn los?‹ rief er schon von weitem. ›Ihr seid ja alle ganz aufgeregt. Was sucht ihr denn?‹

›Das Helmchen ist verschwunden!‹ antworteten wir alle wie aus einem Mund.

›Das Helmchen?‹ Er sah uns einen Augenblick nicht gerade geistreich an. Dann schrie er auf: ›Um des Himmels willen, – sollte es etwa noch – in –‹, und schon rannte er los. Wir sahen ihm verblüfft nach und setzten uns wie auf Kommando in Bewegung, hinter ihm her. Er rannte zur Garage, riß die Türe auf und lachte triumphierend. ›Bitte sehr‹, sagte er und machte seine schönste Verbeugung vor uns. Und wirklich, da stand mitten in der Garage, die gerade leer war, dein Wagen, und du lagst lachend darin.

›Helmchen, mein Helmchen!‹ rief deine Mutter.

›Vor allen Dingen 'raus aus dem Benzingestank!‹ kommandierte ich. Der Hanswurst von Hausknecht wollte mich auch noch belehren. ›Das heißt Geruch‹, sagte er tadelnd, – dabei lächelte er spitzbübisch. ›Lassen Sie nur keinen der Gäste solche gewöhnlichen Ausdrücke hören.‹ Na, dem hätte ich beinahe einen gewöhnlichen Ausdruck um die Ohren gehauen, aber der wäre wahrscheinlich ein wenig außergewöhnlich ausgefallen. Also ich schob den Kinderwagen 'raus an die frische Luft und fuhr den Hans an: ›Wie kommt das Kind in die Garage?‹ Und der Hans erzählte: ›Ich schaukelte den Wagen auf dem Rasen, weil das Helmchen nämlich mordsmäßig schrie. Ich selbst höre ja leidenschaftlich gern Kindergeschrei. Es ist die Musik meines Heimathauses, aber als wohlerzogener Hausbursche vom Hotel Rosenhain dachte ich natürlich sofort an die Gäste. Während ich den Wagen hin und her fuhr, sah ich zu meinem Entsetzen Herrn Bleubert mit einem eleganten Ehepaar durch den Park auf ›Sonnenwinkel‹ zukommen. Ich wollte nicht gern hier gesehen werden, weil ich eigentlich was anderes hätte tun sollen; dann wußte ich, daß das Geschrei der Kleinen den Herrn namenlos ärgern würde, da doch die Leute wahrscheinlich Ruhe und keine Babymusik genießen wollten. Ich nahm also den Wagen und rannte los. Links um die Ecke 'rum, rechts um die Ecke 'rum, an der Fliederhecke entlang, o Schreck, dahinten kamen mir wieder Kurgäste entgegen, wo sollte ich hin mit dem schreienden Kind? Die Tür zur Garage stand gerade offen, ich 'rein, Kinderwagen hingestellt, wieder 'raus. Bums, Türe zu, dann rannte ich los. Ich wollte es Frau Bleubert sagen, konnte sie aber gerade nirgends finden, und es war höchste Zeit, daß ich zum Bahnhof fuhr. Was sollte ich tun? Na, Gott sei Dank, das Kind ist wieder da.‹

Du kannst dir denken, daß wir alle überglücklich waren, dich wiederzuhaben. Deine Mutter wollte dich nicht mehr aus ihren Armen lassen. Ja, siehst du, Helmchen, das war wieder einmal die Garagengeschichte. Jetzt muß man ja nicht mehr solche Sorge um dich haben, denn wenn man elf Jahre alt wird, ist man bald ein kleines Fräulein und muß sehr verständig sein.«

Die Erinnerung an den kommenden Geburtstag stimmte Wilhelma keineswegs freudiger. Sie hatte es noch nicht überwunden, daß der Vater ihre Bitte abgeschlagen hatte.

Eine Geburtstagseinladung und ihre Folgen

»Helmchen, denk einmal, Tante Julie hat geschrieben. Sie ladet dich ein, deinen Geburtstag bei ihr und ihren Kindern in Karlsruhe zu verleben. Ist das nicht sehr lieb von ihr?«

Der Postbote hatte soeben den Brief von Frau Schlierke gebracht, und Frau Bleubert war sehr erfreut über die Nachricht. »Dein kleines Töchterchen sollte mehr unter Kindern sein«, hatte sie geschrieben, »es ist schade, daß es keine Geschwister hat. Das würde es ablenken. Wilhelma scheint eine kleine Grüblerin zu sein, solche Kinder müssen besonders behutsam behandelt werden, und dazu habt ihr leider keine Zeit. Schicke sie mir an ihrem Geburtstag her. Es wird ihr gewiß gefallen, einmal so recht nach Herzenslust mit den Kindern spielen und tollen zu können. Das ist Kindern ein Bedürfnis...« Frau Bleubert empfand die verstehende Art ihrer Schwägerin wohltuend. Vielleicht war es möglich, daß Helma ihre Ferien hin und wieder bei den Verwandten in Karlsruhe zubringen konnte. Richtiger wäre es ja gewesen, wenn diese zu ihnen nach Fichtenau gekommen wären, aber das hätte ihr Mann nie geduldet, wenigstens nicht, wenn Gäste im Haus waren. Die vier lebhaften Kinder seiner Schwester wären ihm zu laut gewesen.

Helma freute sich auf die Reise nach Karlsruhe. Seitdem der Vater ihr die Geburtstagsbitte abgeschlagen hatte, war sie ihm scheu aus dem Weg gegangen. Er aber war so beschäftigt, daß es ihm nicht auffiel und er gar nicht merkte, wie unfroh seine kleine Tochter durch die Tage ging... Jetzt aber hatte sie wieder etwas, worauf sie sich freuen konnte. O ja, sie ging gerne zu Tante Julie und Onkel Erwin. Mit den Kindern war sie gut bekannt, obgleich sie sich nicht allzu oft sahen. Herr Martens, ein Kurgast aus Karlsruhe, der einige Wochen im Hotel Rosenhain verbracht hatte, fuhr am Sonnabend mit seinem Auto wieder ab. Er wollte Wilhelma mitnehmen. Am Sonntagabend würde die Mutter sie in Karlsruhe abholen. –

Helma stand schon seit einer Stunde wartend vor der Einfahrt. Sie sah allerliebst aus in ihrem duftigen rosa Sommerkleid mit den kleinen Streublümchenmustern. In ihren Armen hielt sie einen großen Strauß Flieder und Goldregen. Den durfte sie der Tante mitbringen, die Mutter hatte ihn selbst geschnitten.

»Was steht denn da für ein reizendes Blumenmädchen?« fragte da eine elegante Dame, die am Arm ihres Gatten soeben das Hotel verließ, um einen Spaziergang im Kurpark zu unternehmen.

»Ich glaube, das ist Herrn Bleuberts Töchterchen«, sagte der Herr an ihrer Seite. »Ein entzückendes Kind!«

Helma war so erfüllt von ihrer Freude, daß sie im Augenblick ihren Groll gegen die Fremden ganz vergaß und der Dame glückstrahlend zulächelte und ihr auf die Frage nach ihrem Vorhaben freundlich Auskunft gab: »Ich darf verreisen, – ich mache eine Geburtstagsfahrt.«

Herr Bleubert stand am Fenster seines Büros hinter der Gardine verborgen und beobachtete, wie sich seine Tochter den Gästen gegenüber benahm. Er lächelte befriedigt, als er sah, wie Helma der Dame die Hand reichte und sich mit einem tiefen Knicks verabschiedete. So, das gefiel ihm. Sie schien es langsam zu begreifen, worauf es in seinem Hause ankam.

Endlich fuhr der Herr mit seinem Auto vor.

»So, kleines Fräulein, bitte einsteigen.«

Er öffnete den Wagenschlag. Helma blickte noch einmal zurück, ob nicht aus irgendeinem Fenster die Mutter, von der sie sich schon vor einer Stunde verabschiedet hatte, ihr zunickte, aber die war wieder so beschäftigt, daß sie keinen Augenblick Zeit verlieren durfte. Schade, Helma hätte ihr gern noch einmal zugewinkt. Den Vater sah sie nicht hinter der Gardine.

So nahm sie ihr kleines Köfferchen, drückte den mächtigen Blumenstrauß an sich und stieg ein. In diesem Augenblick sauste der Hausknecht, der noch immer jedes Frühjahr seinen Platz im Hotel Rosenhain einnahm, um die Ecke. Er war Helmas bester Freund.

»Hans«, jauchzte sie ihm zu, »jetzt geht's los!«

»Ich wünsche der Dame gute Reise!« rief er lachend und sprang herzu, um mit einer tiefen Verbeugung die Wagentüre zu schließen.

Es war eine herrliche Fahrt. An Wiesen und Wäldern vorbei, durch kleine Dörfer, wo entrüstete Hunde laut hinter dem Auto herbellten, fuhr der Wagen. Eine ganze Weile führte die Fahrstraße neben einem in der Sonne glitzernden breiten Gebirgsbach entlang. Der Himmel war tiefblau, die Wiesen standen voller Schlüsselblumen und Anemonen, Kinder in bunten Kleidern winkten ihnen aus dieser Frühlingspracht zu, pflückten Sträuße und banden Kränze.

Es war wunderschön! Der Herr am Steuer unterhielt sich mit Helma, als sei sie eine richtige kleine Dame, wenn ihn der Wagen nicht gerade ganz in Anspruch nahm, und als er vor einem Waldkaffee haltmachte und sie einlud, mit ihm eine Tasse Kaffee zu trinken, da ging sie neben ihm her, als sei das alles ganz selbstverständlich.

Der freundliche Herr ließ ihr ein großes Stück Torte mit Schlagsahne bringen. Es hatte nur seine Schwierigkeit, wie sie damit fertig werden sollte, weil sie immer noch den großen Strauß hielt, den sie auf keinen Fall aus den Händen geben wollte.

Man war recht schnell in Karlsruhe. Frau Schlierke hatte das Auto vorfahren hören und eilte herbei, um ihr Nichtchen in Empfang zu nehmen. Sie bedankte sich bei Herrn Martens, der gleich weiterfahren mußte, und führte Helma ins Haus. Jetzt übergab diese der Tante den Strauß; die Blumen waren allerdings durch die warmen Hände schon recht welk geworden. Die Tante aber stellte sie gleich in eine große Vase. »Man muß sie nur gut pflegen«, sagte sie, »dann werden sie wieder frisch und munter.« Dabei blickte sie abwechselnd von Helma zu den Blumen, so daß man nicht recht wußte, ob sie die Blumen oder das Kind meinte. Die vier Geschwister Rudi, Hannelore, Gerd und Brigitte waren der kleinen Base mit lautem Jubel entgegengerannt.

»Hurra! Hurra! das Helmchen ist jetzt da!« Und die kleine Brigitte wollte sie überhaupt nicht mehr loslassen. Rudi, der bereits fünfzehn Jahre alt war, nahm ihr hilfsbereit das Handköfferchen ab, und Hannelore, die Zwölfjährige, führte sie in das kleine Mädchenstübchen, das sie mit Wilhelma und Brigitte während der folgenden Nacht teilen und wo Helma sich jetzt waschen und die Haare ordnen sollte. Gerd, der in ihrem Alter war, zog sie dann im Triumph ins Eßzimmer, wo das Mittagessen schon bereitstand. Als alle Kinder Platz genommen hatten, kam auch der Onkel aus der Schule.

»Grüß Gott, Helmchen«, sagte er und schüttelte seiner Nichte kräftig die Hand, »es war höchste Zeit, daß du wieder einmal zu uns kamst. Wenn wir uns so selten sehen, kennen wir uns schließlich gar nicht mehr und sagen ›Sie‹ zueinander, wenn wir uns auf der Straße begegnen.«

Da mußten alle lachen, und in dieser fröhlichen Stimmung wurde die Mahlzeit fortgesetzt. Es war ein ganz einfaches Essen, aber es kam Helma vor, als säße sie an einer Festtafel. Wie ganz anders war es hier als zu Hause. Gewiß, im Speisesaal, wo die Gäste saßen, da sah es immer sehr vornehm aus. Die ausgesuchten Speisen wurden von den Mädchen in schwarzen Kleidern mit weißen Schürzen und Häubchen auf silbernen Platten serviert, Kristall und feinstes Porzellan glänzte. In Schalen und Vasen waren Blumen geschmackvoll geordnet, alles war prächtig eingerichtet, aber das galt eben nur den Gästen.

Ganz selten fand sich die Familie zu den Mahlzeiten zusammen. Der Vater ließ sich meistens das Essen ins Büro bringen. Die Mutter aß oft schnell einen Teller Suppe zwischen den Mahlzeiten und fand im Sommer selten Zeit, im kleinen Wohnzimmer mit Helma zu essen. Rike hatte den Vorsitz und die Aufsicht am Tisch des Personals. »Da muß Ordnung herrschen«, sagte Herr Bleubert, »sonst wachsen sie einem über den Kopf.« Natürlich vergaß man nicht, Helma zu versorgen, aber man hatte einfach keine Zeit, sich viel um sie zu kümmern. Irgendeins der Mädchen, das gerade frei war, wurde hinaufgeschickt, um dem Kind das Essen zu bringen. Da kam es oft vor, daß Helma gerade nicht im Wohnzimmer war. Das Mädchen hatte aber schon wieder andere Pflichten zu erfüllen und konnte nicht lange nach ihr suchen. Bis

Helma dann endlich ins Zimmer kam, war alles kalt geworden und schmeckte ihr nicht mehr.

Seitdem sie zur Schule ging und lesen konnte, saß sie am liebsten über ihren Büchern und las stundenlang. Manchmal wurde Rike beim Essen plötzlich unruhig, so daß sie aufstehen und nach dem Kind sehen mußte. Da kam es oft vor, daß sie Helma neben dem Essen sitzend fand; in einer Hand hielt sie ein Geschichtenbuch, in dem sie eifrig las, in der andern die Gabel, mit der sie im Teller herumstocherte. Wenn Rike dann bei der Mutter darüber klagte, versuchte diese es durchzusetzen, die Mahlzeiten gemeinsam mit dem Kind einzunehmen, damit Helma nicht ganz ohne Aufsicht war und genügend zu sich nahm, aber das gelang ein-, auch zweimal, dann wurde die Mutter wieder zu allen möglichen Pflichten abgerufen, und das Kind saß aufs neue allein vor seinem Teller.

Kein Wunder, daß sich Helma in dieser fröhlichen Familienrunde in Karlsruhe unbeschreiblich wohl fühlte. – Der Onkel erzählte allerlei Späße, und die Kinder berichteten Schulerlebnisse, ohne daß es allzu laut oder gar unmanierlich zugegangen wäre.

Nach dem Essen halfen die Kinder den Tisch abräumen, das Geschirr in die Küche tragen und abwaschen. Jeder hatte sein kleines Amt zu versehen, denn die Tante hatte kein Dienstmädchen. Aber alle taten ihre Pflicht mit freudiger Selbstverständlichkeit. Brigitte mußte ein Stündchen schlafen, und dann wurde Kaffee getrunken. Schon eine ganze Weile hatten die Kinder geheimnisvolle Andeutungen gemacht.

»Es kommt eine Überraschung«, verriet schließlich Brigitte und wollte Helma etwas ins Ohr flüstern.

Da wurde sie aber energisch von Gerd zurückgerissen.

»Du sollst doch nichts verraten!« rief er entrüstet. »Wir machen nämlich mit dir eine Fahrt ins Blaue.«

Darüber wunderte sich Helma sehr, was das zu bedeuten habe. Als alle fertig waren, ging's los, Onkel und Tante mit den fünf Kindern. Man stieg in die Straßenbahn und fuhr durch die Stadt. Und nun wurde Helma verraten, daß man einen Ausflug in den Tiergarten geplant habe. Als man angekommen war, kaufte der Onkel Eintrittskarten, und jetzt durfte man durch das große Tor gehen.

Brigitte guckte sich erstaunt um und wandte sich dann mit enttäuschtem Gesicht an den Vater: »Aber Vati, hier ist ja alles grün, ihr habt doch gesagt, daß wir eine Fahrt ins Blaue machen.«

Da wurde sie ein bißchen ausgelacht, und Gerd erklärte ihr wichtig, daß man es eine Fahrt ins Blaue nenne, wenn jemand losfährt, ohne zu wissen, wohin. »Und Helmchen hat doch keine Ahnung davon gehabt, daß es in den Tiergarten geht.«

Helma war überglücklich, sie äußerte ihre Freude aber nicht laut und lebhaft wie die vier Schlierke-Kinder. In ihren Augen jedoch glänzte und leuchtete es wie schon lange nicht mehr. Von Zeit zu Zeit mußte sie Tante Julie, die sie führte, die Hand fest drücken, so sehr freute sie sich. Was gab es aber auch hier alles zu sehen! Bären und Wölfe, Füchse und Kamele, einen riesengroßen Elefanten, der mit seinem Rüssel Geldstücke aus den Händen der Besucher nahm und sie seinem Wärter schenkte.

»Der Elefant ist schön dumm«, erklärte Brigitte, »ich würde das Geld selber behalten und mir Bonbons dafür kaufen.«

»O du ganz Gescheite«, lachte Rudi, »stelle dir einmal

vor, der Elefant ginge in einen Laden und würde für zehn Pfennig Bonbons verlangen, der Verkäufer fiele vor Schreck gleich unter den Ladentisch, und wenn vielleicht gerade ein kleines Mädchen namens Brigitte Schlierke im Laden wäre, um für die Mutti Salz zu holen, dann würde es beim Anblick des Elefanten vor lauter Angst so schreien, daß sämtliche Fensterscheiben platzten.«

Die Kinder versuchten sich das vorzustellen, und es gab natürlich ein ordentliches Gelächter. Vor dem Löwenkäfig blieben sie auch stehen, und der Onkel, der alles so schön erklären konnte, sagte, der Löwe sei der König der Tiere.

»Warum sieht er wohl so traurig aus?« fragte Hannelore.

»Na, weil er eingesperrt ist«, meinte Gerd.

Helma hatte eine Weile schweigend in den Käfig gesehen, dann sagte sie leise: »Er ist einsam, darum ist er traurig.«

Bei den Affen gab es dann viel zu lachen. Eine ganze Anzahl war in dem großen Käfig. Da sprangen und kletterten sie wie kleine Kobolde herum. Einer hatte einen Spiegel und guckte andauernd grinsend hinein, dann drehte er ihn um, als meinte er, es müsse ein anderer Affe dahinterstecken.

Ein paar Kinder standen vor dem Käfig und schrien mit wachsender Begeisterung: »Affe! Affe! Affe!« Sie schienen es ausnützen zu wollen, einmal nach Herzenslust ungestraft dieses Wort oft und recht laut sagen zu dürfen.

Papageien, buntschimmernde Vögel, Schlangen und Schildkröten, alle möglichen Tiere konnte man sehen, und immer wieder gab's etwas Neues.

Ganz zum Schluß hatte Onkel Erwin noch eine Überraschung geplant. Er mietete am großen Teich ein Boot und lud die ganze Gesellschaft ein einzusteigen. Er selbst ruderte, und Rudi saß am Steuer. Nun gab es eine herrliche Kahnfahrt im Abendsonnenschein. Ruhig glitt das Fahrzeug über das Wasser. Am Ufer standen frohe Menschen und winkten ihnen zu, zwei Schwäne zogen in majestätischer Haltung an ihnen vorüber, bunte Blumen grüßten von den Beeten herüber, die langen Äste der Weiden hatten ihre Spitzen ins Wasser getaucht – ach, wie schön, wie wunderschön war das alles! Tante Julie, die Brigitte auf dem Schoß hatte, stimmte ein Lied an. Onkel Erwin und die Kinder fielen gleich mit ein: »Goldne Abendsonne, wie bist du so schön…«

Helma hatte sich an Hannelores Schulter gelehnt. Mit großen, träumenden Augen blickte sie ins Wasser. Sie hätte kein Wort sagen können, so herrlich dünkte ihr alles, sie hatte Mühe, das Weinen zu unterdrücken.

Eine unbeschreibliche Sehnsucht erfüllte ihr kleines Herz, so daß sie ganz traurig wurde. Warum konnte es bei ihnen zu Hause nicht auch so sein? Warum hatten Vater und Mutter nie Zeit, einmal, ein einziges Mal einen solchen Nachmittag mit ihr zu verleben? – Jetzt war sie noch keinen vollen Tag bei den Verwandten, und wieviel hatte sie schon erlebt! Dabei war's noch nicht einmal ihr Geburtstag. Was würde der morgige Tag erst alles bringen!

Als man wieder zu Hause war und das Abendessen eingenommen hatte, behauptete Rudi, das Geburtstagskind müsse jetzt ins Bett, es sei bei den wichtigen Arbeiten, die noch zu tun wären, nur hinderlich. Helma wäre zwar gerne noch etwas aufgeblieben, aber der Gedanke, mit den beiden Bäschen das Zimmer zu teilen, hatte auch seine Reize für sie. Brigitte sträubte sich, ins Bett zu gehen. »Ich will auch helfen, wenn ihr Helma den Geburtstagstisch aufbaut.« Ehe sie weiteres ausplaudern konnte, waren alle drei Geschwister auf sie losgestürzt und hielten ihr den Mund zu, so daß es ihr bei diesem dreifachen Verschluß unmöglich war, auch nur noch »Muck« zu sagen.

»Du mußt mit Helma schlafen gehen und aufpassen, daß sie nicht durchs Schlüsselloch guckt«, tröstete der große Bruder die Kleine, der die Tränen bereits kommen wollten.

Nun lag Helma in dem weißen Bett im Mädchenzimmer und hörte die drei Geschwister nebenan geheimnisvoll flüstern, vernahm Papierrascheln, irgendwo läutete eine Kirchenglocke, alles war so feierlich, so harmonisch. Eben war Tante Julie noch dagewesen, hatte mit ihr und Brigitte gebetet, der Onkel hatte auch noch den Kopf zur Türe hereingesteckt und beiden zugewinkt, – und morgen, – morgen war ihr Geburtstag, o wie schön war das alles, wie schön...!

»Die schlafen schon fest«, sagte Hannelore, die etwas aus dem Zimmer geholt hatte. »Nun braucht man wenigstens keine Angst mehr zu haben, daß Brigitte etwas ausplaudert und Helmchen durchs Schlüsselloch guckt«, meinte Gerd und steckte eine Kerze in den Leuchter.

Am nächsten Morgen erwachte Helma durch mehrstimmiges Singen und Klavierspiel, sie rieb sich die Augen und blickte verwundert um sich. Die Sonne stand schon hoch am Himmel, und das ganze Zimmer leuchtete und glänzte, so wie es für einen Geburtstag richtig ist. Ah, – jetzt erinnerte sich Helma wieder, – richtig, – es war ja heute ihr Festtag, und der feierliche Gesang, sollte der etwa ihr gelten…?

»Zum Wiegenfeste das Allerbeste wünschen wir dem Geburtstagskind.« So sangen Onkel und Tante mit den Kindern. Und plötzlich öffnete sich die Türe, und Helma sah von ihrem Bett aus auf den Geburtstagstisch, den die drei Geschwister am Abend vorher aufgebaut hatten. Elf rote Kerzen brannten, in einer Kristallvase duftete ein Strauß Maiglöckchen. Daneben waren einige schöne Geschenke aufgebaut, die ein kleines Mädchenherz erfreuen können: ein Geschichtenbuch, ein selbstgefertigtes Handarbeitskörbchen, eine kleine wildlederne Handtasche, Schokolade und andere Süßigkeiten. Alles beleuchtet vom Glanz der Kerzen. Und nun stürmten die Geschwister zu ihr herein, um ihr zu gratulieren. Onkel Erwin und Tante Julie folgten, und Helma fühlte sich als Hauptperson des Tages. Die Tante bestimmte dann, daß die Kinder den Kaffeetisch decken sollten, während Helma sich anzog.

Der ganze Tag war ein Festtag. Das Geburtstagskind war überglücklich, einen solchen Tag hatte es noch nie erlebt. Bei jeder Mahlzeit war der Tisch mit Blumen geschmückt,… nicht für die Gäste, dachte das Kind, – für mich, – alles für mich. Und alle waren so lieb zu ihr und bemühten sich, ihr ein echtes Geburtstagsfest zu bereiten und echte Geburtstagsfreude. Nach dem Mittagessen setzten Herr und Frau Schlierke sich zu den Kindern, und dann wurden Gesellschaftsspiele gemacht. Oh, was gab es da zu lachen! Der Onkel kam auf die lustigsten Einfälle, und Tante Julie wunderte sich, wie lebhaft und ausgelassen Helma mit den anderen war, ein fröhliches Kind unter Kindern. Nur zu schnell verging die Zeit.

Als dann später Besuch kam, waren die Kinder für eine Stunde sich allein überlassen. Da schlug Hannelore vor, jedes müsse eine Geschichte erzählen. Helma sträubte sich.

»Ich kann das nicht«, meinte sie, »bei uns hat niemand Zeit, Geschichten zu erzählen oder anzuhören.« Die anderen Kinder aber meinten, sie müsse bei all den vielen Menschen, die im Hause ihrer Eltern ein und aus gingen, viel erleben und davon erzählen können.

Über Helmas Gesicht zog ein Schatten. Die Kinder hatten, ohne es zu wollen, sie an das erinnert, was ihr schon so manche Stunde verbittert hatte... Bei der Freude über den heutigen Tag hatte sie das alles vergessen.

»Ich kann die Fremden nicht leiden«, stieß sie hervor, »darum mag ich auch nichts von ihnen erzählen.«

Nun wollten die Kinder die Ursache ihrer Abneigung gegen die Gäste wissen. »Ha«, meinte Rudi, nachdem Helma einige Gründe genannt hatte, »wenn die dich ärgern, würde ich sie an deiner Stelle auch ärgern, die würde ich in schöne Aufregung versetzen.«

Das war für Helma ein ganz neuer Gedanke. Es war gut, daß Frau Schlierke nicht hörte, was für Unterweisungen ihr Nichtchen von ihren Kindern bekam. Es wäre bestimmt nicht in ihrem Sinne gewesen. Helma hatte keine Geschwister, die solche Anregungen geben konnten, und sie selbst war viel zu träumerisch veranlagt, um auf derartige Ideen zu kommen.

Nun aber glaubte sie ein Mittel zu besitzen, eine Änderung in den Verhältnissen ihres Hauses zu schaffen und nahm die Vorschläge der Geschwister wie einen wichtigen Auftrag entgegen. Sie würde schon dafür sorgen, daß ihre arme überarbeitete Mutti mehr zur Ruhe käme, – ha, es würde gar nicht lange dauern, und kein einziger Fremder würde mehr das Hotel Rosenhain betreten. Die Aussicht auf diese Möglichkeit machte sie ganz übermütig, und als man wieder spielte, tollte und lachte sie mit den anderen, als habe sie nie einen Grund zur Traurigkeit gekannt.

Mitten hinein in das frohe Spiel läutete die Klingel. Tante Julie öffnete die Türe und kam mit Frau Bleubert zurück.

Helma hatte sich soeben noch an einem lustigen Rätselraten beteiligt, da entdeckte sie ihre Mutter, die schon ein Weilchen ihr fröhlich spielendes Kind beobachtet hatte.

»Mutti«, rief Helma ganz bestürzt und sah direkt entsetzt aus, »du willst mich doch nicht etwa schon wieder holen?«

Da zog ein Schatten über das Gesicht der Mutter. Sie konnte ihre Enttäuschung nicht verbergen.

»Aber Kind, selbstverständlich komme ich, um dich zu holen, freust du dich denn gar nicht, mit deiner Mutti wieder nach Hause zu fahren?«

Alle blickten stumm und fragend auf Helma. Die aber warf sich wild aufschluchzend in die Arme der Mutter.

»Laß mich doch hier, bitte, bitte, Mutti, laß mich bei der Tante und den Kindern bleiben.«

Frau Bleubert versuchte den Kopf zu heben und blickte ihr in die tränengefüllten Augen.

»Aber Helmchen, hast du denn deine Mutti nicht mehr lieb?«

»Doch, doch, aber du hast ja keine Zeit für mich, laß mich hier, die Tante erlaubt es, o bitte, bitte, Mutti, laß mich hier.«

Frau Margarete mußte sich abwenden. Das Herz tat ihr

weh. Nun glaubte sie, ein glückliches Kind abholen zu können und fand das Gegenteil vor. Frau Schlierke redete beruhigend auf die vor Erregung zitternde Nichte ein; die Geschwister versprachen ihr, daß sie bald wiederkommen dürfe. Die Mutter erzählte ihr, daß zu Hause noch eine Geburtstagsüberraschung auf sie warte, eine große echte Käthe-Kruse-Puppe liege in ihrem Bett und warte auf die neue Mama, aber alles machte keinen Eindruck auf das Kind. Es war, als ob der Gedanke der Heimkehr wie ein kalter Windstoß in ihr Herz gefegt sei und dort alle Freuden und Geburtstagslichter gelöscht habe.

Schließlich begleitete die ganze Familie Wilhelma und ihre Mutter an die Bahn. Selbst Brigitte durfte ausnahmsweise später zu Bett gehen. Helma sprach kaum noch ein Wort, und beim Verabschieden flüsterte sie Gerd zu: »Du sollst sehen, ich sorge dafür, daß sie alle wieder fortgehen.« Und als er sie verständnislos anblickte, sagte sie beinahe ungeduldig: »Verstehst du nicht? Die Gäste!«

Als Schlierkes sich wieder auf dem Heimweg befanden, sagte Tante Julie besorgt zu ihrem Mann: »Es ist ein Jammer mit dem Kind.«

Und Onkel Erwin fügte hinzu: »Die arme Kleine, sie kann einem leid tun. Es scheint mir, daß das große Haus kein warmes Plätzchen für sie hat.«

Es spukt im Hotel Rosenhain

Eines Tages wurde Frau Bleubert ans Telefon gerufen. Ihre Schwägerin in Karlsruhe, Frau Schlierke, wünschte sie zu sprechen. »Wir sind in großer Verlegenheit«, sagte sie. »Denke dir, die Schwester meines Mannes ist ganz plötzlich gestorben. Wir müssen morgen zur Beerdigung fahren. Es ist nun unmöglich, die Kinder mitzunehmen, zu Hause lassen können wir sie auch nicht gut. Brigitte wollen wir mitnehmen, aber was machen wir mit den anderen dreien! Da sind wir auf den Gedanken gekommen, euch zu fragen, ob ihr sie nicht für drei Tage aufnehmen würdet. Am Montag ist sowieso schulfreier Tag, und für den Sonnabend werden sie in der Schule gewiß beurlaubt. Ich weiß, es ist jetzt, während der Saison, nicht gerade günstig, und Wilhelm wird nicht sehr erbaut sein, aber ich weiß mir keinen anderen Rat, was wir sonst mit den Kindern während dieser Tage machen sollen. Sprich doch gleich einmal mit Wilhelm und gib mir Bescheid. Ich warte so lange am Apparat.«

Herr Bleubert war, wie seine Schwester richtig vermutet hatte, gar nicht begeistert, aber es war ihm klar, daß er jetzt in diesem Fall nicht gut absagen konnte. Und schließlich würden die drei Tage ja auch vorübergehen. »Ich bitte mir aber aus«, sagte er, »daß die Kinder keinem der Gäste lästig fallen!«

Die drei Schlierke-Kinder trafen begeistert in Fichtenau ein. Ein paar Tage Hotelleben dünkte ihnen eine sehr schöne Abwechslung. Kaum aber waren sie mit Wilhelma allein, denn Herr und Frau Bleubert hatten natürlich wie üblich nicht viel Zeit, sich den Kindern lange zu widmen, als ein geheimnisvolles Flüstern und Wispern losging. Wichtige Beratungen fanden statt, und bald war ein Schlachtplan entworfen, über den Herr Bleubert entsetzt gewesen wäre, wenn er davon gewußt hätte.

Um acht Uhr begaben sich die Kinder in ihre Zimmer, um zu Bett zu gehen. Für Hannelore hatte man in Wilhelmas Zimmer ein Bett aufgestellt. Die beiden Brüder schliefen im oberen Stockwerk in einem Zimmer.

Die Gäste des Hotels Rosenhain lagen in tiefem Schlaf. Mitternacht war vorüber. Herr Bleubert hatte noch einmal einen Gang durchs Haus gemacht, um zu kontrollieren, ob der Hausbursche alle Türen vorschriftsmäßig geschlossen hatte. Es war alles in Ordnung, er konnte sich unbesorgt zur Ruhe begeben.

Es mochte eine halbe Stunde später sein, da gellte ein langgezogenes Heulen durch das Haus, das sich dreimal wiederholte.

»Huiii! — Huiii! — Huiii!«

In verschiedenen Zimmern wurde es lebendig. Man läutete Sturm, schrie nach den Hausangestellten und riß die Türen auf. Ein paar alte Damen saßen zähneklappernd in ihren Betten. Eine, die besonders nervös und leicht erregbar war, schrie gellend um Hilfe, bevor sie in Ohnmacht fiel. Einige nur leicht bekleidete Herren wagten sich beherzt in das Treppenhaus. Wiederum ertönte, nur aus einer weiteren Entfernung, dieses unheimliche Heulen. Huiii! – Huiii! – Huiii! Und ein Herr behauptete, er habe ganz deutlich eine hohe weiße Gestalt um die Ecke verschwinden sehen. Es war eine furchtbare Aufregung.

Herr Bleubert, der schon im ersten Schlaf gelegen hatte, war natürlich bei dem plötzlichen Getöse sofort erwacht.

»Um Gottes willen, Margarete, was bedeutet das?« Und mit einem Satz war er aus dem Bett gesprungen, in die Hose gefahren und aus dem Zimmer gestürzt. Frau Bleubert kam erst nach und nach zu sich. Erschrocken richtete sie sich in ihrem Bett auf. »Was ist denn los, Wilhelm? Warum stehst du denn auf?« Aber er war schon draußen. Frau Margarete hörte erregtes Sprechen und Türenschlagen. Was mochte das zu bedeuten haben? Es hielt auch sie nicht mehr im Bett. Sie schlüpfte in ihren Morgenrock und verließ das Zimmer. Nun konnte sie einiges von dem, was oben auf dem Gang gesprochen wurde, verstehen. Aus den durcheinanderschwirrenden Worten versuchte sie sich ein Bild zu formen.

»Nächtliches Heulen! – Gespenst im weißen Kleid! – Unheimliches Haus! – Am besten sofort abreisen!« Frau Bleubert erbleichte. Was hatte das alles zu bedeuten? Das gab ja bestimmt ein Nachspiel mit ihrem Mann, der sicher erregt sein und die Sache untersuchen würde. Gewiß war Helmchen auch durch die nächtliche Unruhe wach geworden und ängstigte sich. Als sie jedoch in das Zimmer ihrer Tochter kam und sich über das Bett des Kindes beugte, lag dieses ebenso wie Hannelore mit rotgeschlafenen Bäckchen in seinen Kissen und schien zu träumen. Wie gut, daß es einen solch festen Schlaf hat, dachte Frau Bleubert, und Helma sagte sich: »Wie gut, daß Mutti nicht richtig hingeguckt hat. Sie hätte sonst merken müssen, wie sehr mein Herz klopfte.« Hannelore aber versteckte sich unter der Bettdecke, um zu verhüten, daß ihr Lachen sie verriet.

Herr Bleubert blieb eine ganze Weile fort. Dann kam er in das Schlafzimmer gestürmt, wo seine Frau im Bett saß und auf ihn wartete, raufte sich die Haare und stöhnte:

»Ich bin ruiniert, wir können das Haus schließen!«

»Aber Wilhelm! Warum denn um Gottes willen?«

»Erstens ist ein Gespenst im Hause gesehen und gehört worden, zweitens habe ich mich so weit vergessen, daß ich nur mit Hemd und Hose bekleidet vor meinen Gästen erschienen bin – oh – oh – ich bin vollständig ruiniert. – Was, Margarete, du wagst es, noch zu lachen?«

»Aber ich bitte dich, das ist doch auch lächerlich. Du kannst doch nicht in einem solchen Augenblick erst Kragen und Krawatte umbinden und einen Frack anziehen.«

»Es ist mir keineswegs zum Lachen zumute und zudem höchst bedauerlich, wenn du nicht mehr Verständnis für diese mir äußerst peinliche Angelegenheit hast. Vielleicht wirst du dir morgen früh über den Ernst der Sache klar, wenn du siehst, wie unsere Gäste das Haus fluchtartig verlassen werden. Wenn ich nur wüßte, wer der Urheber ist. Ich hatte zuerst Verdacht auf die Schlierkekinder; die aber lagen seelenruhig in ihrem Bettchen und fragten ahnungslos nach dem Grund der Unruhe im Haus. Glaube mir, wir sind durch dieses Vorkommnis ruiniert.«

Frau Margarete merkte, daß ihr Mann äußerst gereizt und erregt war, und lenkte daher ein. »Ach, Wilhelm, du darfst nicht gleich so schwarz sehen. Es wird sich jemand einen Scherz erlaubt haben, um den paar alten Damen im Hause einen Schreck einzujagen. In Wirklichkeit gibt es doch gar keine Gespenster.«

Aber Herr Bleubert war nicht so schnell zu beruhigen. »Du wirst es schon sehen, wir sind ruiniert.«

Frau Bleubert, von der vielseitigen täglichen Arbeit stets übermüdet, lag schon längst wieder im tiefen Schlaf, da wälzte sich ihr Mann noch immer von einer Seite auf die andere. Die Gespenstergeschichte ließ ihn nicht zur Ruhe kommen. Was tue ich nur, um die Sache wieder einzurenken, fragte er sich immer wieder, und als er endlich gegen Morgen einschlief, da träumte er, sämtliche Gäste seines Hauses seien in verblüffender Geschwindigkeit mit ihren Koffern in den Händen an ihm vorbei und aus dem Portal gerannt, verfolgt von einem ungeheuren Gespenst, das mit fürchterlicher Stimme Huiii! – Huiii! hinter ihnen her heulte. Mit einem Schrei fuhr Herr Bleubert in seinem Bett hoch. Nach diesem Traum war es für ihn keine Frage mehr, daß er vollkommen ruiniert sei. Er fürchtete einen zweiten derartigen Traum und verzichtete auf weiteren Schlaf.

Obgleich noch keine Menschenseele in seinem Hause wach war, kleidete er sich sorgfältig an und stellte sich in der teppichbelegten Vorhalle des Hauses auf. Die einzige Möglichkeit, die Situation zu retten, schien ihm darin zu liegen, daß er mit jedem einzelnen seiner Gäste persönlich sprach, um soviel wie möglich den Eindruck des nächtlichen Zwischenfalles abzuschwächen. Wenn er nur wüßte, wer das Gespenst… »hu!« Er stieß einen leichten Schrei aus. Dicht hinter sich hatte er schleichende Schritte auf dem Läufer vernommen. – »Herrschaft! Sapperlot! Du dummer Kerl! – Kannst du nicht gleich sagen, wer du bist!« fuhr er im nächsten Augenblick den verblüfft dreinschauenden Hans an, der soeben mit einer Anzahl frisch geputzter Schuhe ankam.

»Ich dachte, der Herr habe mich in den neun Jahren meines Hierseins kennengelernt und wisse, wer ich bin. Mein Name ist Hans Sprüngel.«

»Idiot!« fuhr ihn Herr Bleubert verächtlich an und merkte zugleich, daß er sich mit seiner Frage ziemlich töricht benommen hatte. Aber er konnte doch dem Hausdiener nicht gestehen, daß er in ihm das Gespenst vermutet hatte. Wirklich, seine Nerven waren gänzlich überreizt. Von den Fremden bequemte sich natürlich niemand, zu solch früher Morgenstunde aufzustehen. Herr Bleubert ging auf und ab, auf und ab. Er wußte jetzt, wie er den Gästen die Gespenstergeschichte ausreden wollte, und wartete nur auf die Gelegenheit, seine Ansprache anbringen zu können. Endlich vernahm er Schritte. Es kam jemand die Treppe herunter. Dem leichten Tritt nach mußte es eine Dame sein. Herr Bleubert stellte sich empfangsbereit neben die unterste Stufe, setzte sein liebenswürdigstes Lächeln auf, das sonst nur für ganz außergewöhnliche Gäste bestimmt war, rückte seine Krawatte zurecht, hüstelte und überlegte schnell noch einmal, wie er seine Rede beginnen wollte. »Sehr verehrte gnädige Frau, ich bedaure es außerordentlich, daß in dieser Nacht...«

»Guten Morgen, Herr Bleubert!« – Ach, da war sie ja schon! Schnell eine Verbeugung. »Recht guten Morgen, gnä...«

Potz Blitz und Hagel, das war ja gar kein Kurgast, das war ja nur Susi, das Zimmermädchen aus dem zweiten Stock, die soeben ihre Geräte, Besen und Schaufel, holen wollte, um ihr Tagwerk zu beginnen. Sie konnte sich gar nicht erklären, warum ihr Chef ihr einen so bitterbösen Blick zugeworfen hatte, nachdem er sie erst mit einer Verbeugung begrüßt hatte. Herr Bleubert ging wieder unruhig auf und ab, auf und ab. Gewiß waren die Gäste bereits dabei, ihre Koffer zu packen, um heute abzureisen. Wenn doch endlich jemand käme. Nachdem noch eine weitere Stunde verstrichen war, kam dann auch zum Glück der erste Gast zum Vorschein. Herr Bleubert stürzte geradezu auf ihn los: »Herr Direktor, – guten Morgen, Herr Direktor Gunther! Es ist mir ein Bedürfnis, Ihnen zu sagen, wie unendlich ich den beunruhigenden Vorfall dieser Nacht bedaure. Inzwischen hat es sich aber herausgestellt, daß sich einer unserer Hausangestellten diesen unziemlichen Scherz erlaubt hat. Es ist natürlich selbstverständlich, daß ich diesen Unfug mit sofortiger Entlassung bestraft habe.«

Herr Direktor Gunther beeilte sich zu versichern, daß er sich gar nicht habe stören lassen. »Ich habe sogar zeitweise eine Vorliebe für Gespenster«, erwiderte er lachend.

Herrn Bleubert fiel ein Stein vom Herzen. Gott sei Dank, wenigstens einer, der nicht ans Abreisen dachte. Bald darauf kamen noch einige andere Gäste. Er erzählte ihnen dieselbe Geschichte. Und so machte er es mit allen, die sich blicken ließen. Allerdings hatte nicht jeder den nächtlichen Besuch des Gespenstes so leicht aufgenommen wie Herr Direktor Gunther. Besonders einige Damen taten sehr entrüstet und behaupteten, daß es bestimmt kein Vergnügen sei, mitten in der Nacht auf solch unheimliche Weise geweckt zu werden. Auf keinen Fall dürfe sich etwas Derartiges wiederholen, sonst...

Herr Bleubert wartete das Ende der Drohung gar nicht ab.

»Die Damen werden keine weitere Veranlassung zur Klage haben«, versicherte er, »denn der Urheber dieses Streiches hat bereits das Haus verlassen.« Und er wiederholte zum zwanzigsten Male die erfundene Entlassung des gespensterspielenden Hausangestellten. Noch während er sprach, kam Rike durch den Korridor. Die alte

Frau wartete in respektvoller Haltung, bis die Gäste den Speisesaal betreten hatten. Dann ging sie mit gefurchter Stirn auf Herrn Bleubert zu. Es war ihr sehr ernst mit dem, was sie sagte: »Ist es nicht genug, daß der Sohn meiner guten seligen Frau, der ich mehr als dreißig Jahre gedient habe, ein hartherziger, geldgieriger, verknöcherter Mann geworden ist, der keinen Sinn mehr hat für seine Familie, noch für den Feierabend, noch für die Heiligung des Sonntages? Muß es nun auch so weit kommen, daß er schamlos und ohne zu erröten die Unwahrheit spricht?«

»Rede keinen Unsinn!« fuhr sie der so Zurechtgewiesene an. »Soll ich vielleicht untätig zusehen, wie einer nach dem andern das Haus verläßt? Du begreifst natürlich nicht, daß ich nach dem schauderhaften Zwischenfall dieser Nacht keinen Schlaf mehr fand und vor dem Zusammenbruch, dem ich glaubte entgegenzugehen, erzitterte. Was bleibt mir anderes übrig, als eine solche Beruhigungsgeschichte zu erfinden!«

»Du wirst sehen, wohin das führt. Hast du vergessen, was du in der Schule gelernt hast: Ehrlich währt am längsten. Auf jeden Fall war es der Grundsatz deiner alten Eltern.«

Rike schlurfte davon. Ihre Füße wurden alt und müde, aber sie konnte nicht anders als sagen, was sie dachte. Wer weiß, wie lange sie noch Zeit dazu hatte. Sie mußte in Anbetracht ihres Alters die Gelegenheiten wahrnehmen.

Trotz aller angewandten Redekünste konnte es Herr Bleubert nicht verhindern, daß zwei alte Damen des Gespenstes wegen abreisten. Er hatte Mühe, seinen Ärger hierüber zu verbergen. Die Damen hatten vorgehabt, vier Wochen zu bleiben. Ein Glück, daß sie die einzigen waren, die ihre Koffer gepackt hatten. Am Nachmittag rief Herr Bleubert sein ganzes Personal zusammen. Und nun gab's einen Mordskrach. Er schrie die Hausangestellten an, als ob sie sämtlich in der vorhergehenden Nacht als Gespenst aufgetreten wären.

»Das darf mir nicht noch einmal vorkommen, sonst werdet ihr alle fristlos entlassen!« Und dann bestimmte er Hans Sprüngel, den Hausdiener, Franz Maurer, den Gärtner, und Joachim Braun, den Koch, abwechselnd im Hause zu wachen und das Gespenst, falls es wieder aufzutreten gedenke, unverzüglich zu ergreifen und abzuliefern.

Die vier Gespenster waren sehr enttäuscht. Rudi wagte es nicht mehr, den nächtlichen Unfug zu wiederholen, wenn Hans vom Herrn des Hauses als Nachtwächter angestellt war. Bekümmert trug Helma den Besen, den Rudi mit einem großen weißen Tuch behängt gestern nacht über seinem Kopf haltend getragen hatte, zurück in sein Versteck. Vielleicht konnte man ein andermal wieder als Gespenst auftreten. Sie selbst hätte den geheimnisvollen Gang durch das verdunkelte Haus nicht gewagt. Aber wenn das Ziel erreicht werden sollte, mußte man schon bereit sein, etwas zu unternehmen. Ganz erfolglos war das nächtliche Abenteuer nicht gewesen. Wenigstens zwei Gäste hatten das Haus verlassen. Der Rat von Schlierkes Kindern war also nicht schlecht gewesen. Wenn diese fort waren, mußte sie allein Gespenst spielen.

Schlierkes Kinder waren wieder abgereist. Vorher hatten sie Wilhelma noch alle möglichen Ratschläge gegeben, was noch alles unternommen werden könnte, um die verhaßten Sommergäste aus dem Rosenhain zu vertreiben, und Wilhelma hatte sich fest vorgenommen, alles zu befolgen und zu versuchen, um ihr Ziel bestimmt zu erreichen.

Einige Tage später, als im Hotel Rosenhain gerade die Zeit der Mittagsruhe war, wo Herr Bleubert sich wie immer ängstlich bemühte, jedes störende Geräusch zu vermeiden, hörte er plötzlich einen furchtbaren Lärm, der vom Türenzuschlagen herrührte. Er befand sich im Garten und war gerade damit beschäftigt, den Gärtner auf einige Schäden an den Rosenbäumchen aufmerksam zu machen. Das Zuschlagen der Türen vernahm er bis in den Garten. »Um alles in der Welt! Was ist denn nun los? Die Gäste!«

Er ließ den verdutzt dreinschauenden Gärtner stehen und rannte ins Haus. Noch meinte er ein Beben der Türen zu verspüren, aber weit und breit war kein Mensch zu sehen. Da, ein Krach! Im oberen Stockwerk dasselbe: Bum – krach, – bum – krach!

Herr Bleubert rannte die Treppe hinauf. War denn da oben jemand vollkommen übergeschnappt? Frau Bleubert, die das Dröhnen bis ins Bügelzimmer vernommen hatte, eilte auch erschrocken und wie gehetzt herbei. Aus einer anderen Ecke stürzten zwei der Zimmermädchen. Sie alle wußten, daß es ein Verbrechen war, um diese Zeit die Stille des Hauses mit einem noch so geringen Ton zu stören. Wer wagte solch frevelhaftes Tun?

Aber auch im oberen Stockwerk war niemand zu sehen. Es schienen die Türen der Baderäume gewesen zu sein, und alle rannten schnell dorthin. Aber zu sehen war niemand.

»Es ist ja rein wie verhext«, fauchte Herr Bleubert, dem

die Zornesader auf der Stirn geschwollen war. Natürlich blieb es nicht aus, daß die Gäste sich beschwerten.

»Das ist ja unerhört!« empörte sich ein Herr. »Wenn Sie in Ihrem Hause nicht besser für Ruhe sorgen können, dann wird man sich eben...« Aber er wurde von Herrn Bleubert unterbrochen. Dieser wußte zwar, daß er damit eine große Unhöflichkeit beging, aber er ertrug es einfach nicht zu hören, daß einer seiner Gäste aus solchem Grunde das Haus verlassen wollte. Und so beeilte er sich, mit vielen überhöflichen Verbeugungen und Worten um Entschuldigung zu bitten und die Versicherung zu geben, daß so etwas nie wieder vorkommen werde. Wieder wurden die Dienstboten zusammengerufen. Wieder entlud sich der Zorn ihres Herrn auf ihre unschuldigen Häupter.

»Man kann sich ordentlich vor ihm fürchten«, flüsterten die Mädchen einander zu, nachdem Herr Bleubert aus der Sichtweite verschwunden war. Von diesem Tag an unternahm er selbst täglich Inspektionsgänge durch das ganze Haus. Dabei stürzte er einmal beinahe über eine Bananenschale, die unbegreiflicherweise mitten auf einer Treppenstufe lag. Er entfernte sie natürlich sofort, ängstlich um sich blickend, ob es niemand von den Gästen gesehen habe. Etwas weiter oben hatte jemand eine ganze Handvoll Papierschnitzel über den Läufer gestreut, und dort drüben, – du lieber Himmel, dort lag ein angebissener Apfel mitten auf dem Spiegeltisch. Das konnte wirklich keine zufällige Unachtsamkeit sein. Herr Bleubert fühlte es, wie ihm plötzlich abwechselnd heiß und kalt wurde. Besaß er denn einen Feind, der ihm alle diese heimtückischen Streiche spielte, um den guten Ruf seines Hauses zu vernichten, um ihn zu ruinieren?

Frau Bleubert war in diesen Tagen sehr unglücklich. Nie vorher war ihr Mann so gereizt gewesen. Sie zerbrach sich den Kopf über die Ursache der ihr unbegreiflichen Zwischenfälle im Hause. So etwas war noch nie dagewesen.

Rike machte auch ihre Beobachtungen. Als sie aber wieder einmal wagte, Vergleiche zu ziehen: »Ja, ja, – das wäre früher in der kleinen Pension Rosenhain nicht vorgekommen, und so aufgeregt und ungerecht habe ich den alten Herrn nie gesehen«, da schrie sie Herr Bleubert zornbebend an: »Halt deinen Mund! Wenn es dir nicht paßt, kannst du ja gehen!«

Wohl war Frau Margarete im gleichen Augenblick auf ihn losgestürzt und wollte versuchen, ihm den Mund zuzuhalten, aber das harte Wort war schon gesprochen, und Rike, die treue Magd, die ein ganzes Menschenleben in dem Haus zugebracht hatte, sah mit traurigen Augen vor sich hin: »Ja, ja, so weit muß es kommen.«

»Laßt mich in Ruhe!« fuhr Herr Bleubert die beiden an und verließ das Zimmer. Es war ihm selbst nicht wohl dabei, die gute Alte gekränkt zu haben. Aber es war nun nicht mehr zu ändern.

Hätte Herr Bleubert sein Töchterchen besser gekannt, so hätte es ihm unbedingt auffallen müssen, daß ihm das Kind, wo er nur auftauchte, aus dem Weg ging und ihn mit scheuen Augen ansah. Helma war in einer seltsamen Verfassung. Vorsätzliche Ungezogenheiten lagen ihrem Wesen eigentlich gar nicht. Aber sie hatte sich nun einmal in die törichte Idee verrannt, die Gäste des Hauses zu vertreiben, um zu erreichen, daß ihre Mutter nicht mehr so viel arbeiten mußte, damit sie, so wie andere Leute, auch ein richtiges Familienleben führen konnten. Sie hätte eigentlich wissen müssen, daß ihr Vorhaben eine ganz große Dummheit war.

Eines Tages aber verursachte Herr Bleubert selbst eine noch nie dagewesene Unruhe in seinem Haus. Er stand in dem kleinen Büro vor seinem Hausdiener, der wohl zum erstenmal seit seiner Tätigkeit vollkommen verdutzt und sprachlos war, und schrie, daß der kleine Raum dröhnte: »Jetzt ist's genug! Jetzt ist Schluß! Du verläßt sofort das Haus. Auf der Stelle bist du entlassen, du pflichtvergessener Mensch. Du allein trägst die Verantwortung für das Putzen der Schuhe unserer Gäste, und wenn du auch hundertmal behauptest, daß du an dieser unerhörten Sache schuldlos bist, du und kein anderer hat hier die Verantwortung. Du bist der Hausdiener. Eines aber ist mir sicher: So gut wie du den Unfug mit den Schuhen angestellt hast, bis du auch der Urheber der Gespenstergeschichte, der Störungen während der Mittagsruhe und aller anderen Vorkommnisse der letzten Zeit.«

Es war nämlich so: Am frühen Morgen dieses Tages hatte es vor den Zimmertüren einiger Gäste erregte Auseinandersetzungen gegeben. Eine Anzahl Schuhe, die der Hausdiener paarweise aufs peinlichste geputzt und poliert vor die Zimmer gestellt hatte, waren verwechselt worden. Vor der Türe einer jungen Dame stand ein Kinderschuh und als dessen Kamerad ein mächtiger, schwer benagelter Bergstiefel. Ein sehr korpulenter Herr fand vor seinem Zimmer einen zierlichen Damenlackschuh mit hohem Absatz und den Gummischuh einer alten Frau. Diesmal hatten es nicht alle Betroffenen mit Humor aufgenommen. Die meisten waren empört und entrüstet und beschwerten sich über die Zustände des Hauses. Alles Entschuldigen und Reden des Hausherrn war diesmal erfolglos. Drei weitere Gäste siedelten in ein anderes Hotel über.

»Man weiß ja nicht, was man hier noch alles zu erwarten hat«, sagte der dicke Herr, der vor seinem Zimmer den Lackschuh gefunden hatte, und der in Strümpfen herumgelaufen war, bis er seine Schuhe wieder zusammengesucht hatte. Herr Bleubert war außer sich.

Das Maß seiner Geduld war zum Überlaufen voll. Nachdem man bisher vergebens nach dem Urheber all dieser Streiche gesucht hatte und Hans Sprüngel dafür bekannt war, daß er sich gern einen Scherz erlaubte, glaubte er nicht länger daran zweifeln zu müssen, daß dieser und kein anderer der Täter sei. Herr Bleubert ließ seinen nun schon wochenlang aufgehäuften Zorn an seinem Hausdiener aus.

»Du kannst sofort deine Sachen packen, du bist entlassen!«

Hans war bleich geworden. Nun war er schon so viele Jahre im Hause tätig gewesen und sollte jetzt mit Schimpf und Schande entlassen werden?

»Herr Bleubert, ich bin wirklich unschuldig, ich war weder das Gespenst, noch…«

»Schweig!« donnerte sein Herr ihn an.

»Aber so hören Sie mich doch erst einmal an.«

»Kein Wort mehr, unverschämter Mensch! Du bist entlassen!«

In diesem Augenblick öffnete sich die Türe und ein kleines Mädchen schob sich herein. Helma mit totenblassem Gesicht und erschrockenen Augen. Sie hatte im Nebenzimmer den Auftritt mitangehört, und obgleich ihr Herz zum Zerspringen klopfte und ihre Knie vor Angst zitterten, war es ihr unmöglich, ihr Geheimnis länger für sich zu behalten. Jetzt ging es um die Ehre ihres besten Freundes Hans, der ihr schon hunderttausend Gefallen getan hatte. Sie durfte es nicht zulassen, daß der Vater ihn falsch verdächtigte und er gar seine Stelle verlor. Herr Bleubert sah seine Tochter ärgerlich an. »Was willst du hier? Geh sofort hinaus, du störst uns!«

»Vater, –« Helmas Stimme zitterte, das ängstlich geflüsterte Wort erstarb ihr fast auf den Lippen. Vor Verlegenheit drehte sie ihr neues blaues Dirndlröckchen zu einem Wulst. »Vater, tu dem Hans nichts, – er war's nicht, – ich war's!«

»Was? – Was sagst du?«

»Ich war's!«

»Was warst du?«

»Das Gespenst! Ich – und Schlierkes Kinder, aber ich bin an allem schuld.«

»Was –?« Des Vaters Brust keuchte.

»Das Gespenst, und das Türenzuschlagen, und die Schuhe verwechseln, ich hab's getan, nicht der Hans.«

»Du hast das getan? Du? Meine Tochter?« Der Vater trat ihr einen Schritt näher. Seine Lippen bebten vor Zorn, Schweiß stand ihm auf der Stirn. Das kleine Mädchen aber wich angsterfüllt einige Schritte zurück und lehnte nun zitternd an der Wand. Ihrem Freund Hans traten die Tränen in die Augen. Am liebsten hätte er jetzt alle Schuld auf sich genommen und dazwischengeschrien: Ich bin's gewesen, mich trifft die Schuld, aber er durfte es nicht wagen.

»Und warum hast du das getan, du mißratenes Geschöpf?« schrie der Vater und faßte das Kind mit hartem Griff bei den Armen.

In Helmas ängstlichen Augen blitzte es plötzlich wie Wetterleuchten. »Weil ich die Fremden hasse!« antwortete sie mit bebendem Mund. Ihre kleinen Fäuste ballten sich, ihr Fuß stampfte den Boden.

Herr Bleubert wandte sich an den Hausknecht. »Hans, du kannst gehen, wir sprechen uns nachher wieder!«

Und dann hielt sich der junge Mann die Ohren zu und rannte davon bis weit in den hintersten Winkel des Parkes. Das Wimmern und Schluchzen seiner kleinen Freundin verfolgte ihn noch tagelang. Herr Bleubert schlug seine Tochter. Zum erstenmal in seinem Leben. »Du mißratenes, undankbares, boshaftes Kind!« schrie der erboste Vater und schloß Helma in ihr Zimmer ein. Da saß sie nun und wußte: all ihr Bemühen war umsonst gewesen. Die Gäste würden im Hause bleiben und immer neue würden kommen. Helma war entsetzlich unglücklich. Ach, wenn doch die Mutter kommen würde, damit sie ihr alles sagen und erklären konnte! Sie war ja nicht schlecht, wie der Vater es annahm, sie glaubte ja, etwas Gutes erreicht zu haben, wenn ihr Vorhaben geglückt wäre. Aber die Mutter kam nicht. Herr Bleubert hatte es ihr untersagt, nach dem Kinde zu sehen, und ihr die Sache so hingestellt, daß sie selbst erschrak und die Tat ihres Töchterchens nicht verstand. So war das kleine Mädchen ganz allein mit seinem großen Leid.

Ein Schrank fällt um

Es war ein Jahr später. Auf der großen Wiese hinter dem Hotel Rosenhain hatten Gäste des Hauses es sich in Liegestühlen bequem gemacht. Große, bunte Gartenschirme schützten vor den grellen Sonnenstrahlen.

»Es ist heute unerträglich heiß«, bemerkte eine junge Dame, die in einem Strandanzug ein Luft- und Sonnenbad nahm.

»Wir werden sicher ein Gewitter bekommen«, erwiderte ein Herr aus ihrer nächsten Umgebung.

»Ja, meinen Sie? Hoffentlich nicht während der Nacht, da fürchte ich mich zu Tode.«

»Ach, ein Gewitter kann unter Umständen etwas ganz Großartiges sein«, meinte ein anderer Herr. »Ich kann mir vorstellen, daß es, von dem Adlerfelsen aus betrachtet, schaurig-schön sein müßte.«

»Hu, wie unheimlich!« Eine zweite Dame mischte sich jetzt in das Gespräch. »Keine zwölf Pferde brächten mich zur Nachtzeit dort hinauf. Mir ist's vor Schreck ganz heiß geworden, ich muß mir daraufhin eine Portion Erdbeereis bestellen.«

Lachend winkte sie dem zierlichen Serviermädchen, das soeben auf einem Tablett eine Flasche eisgekühlte Zitronenlimonade vorübertrug. »Fräulein, bitte, eine große Portion Eis!«

»Mir können Sie auch gleich eine bringen!«

Und nun prasselten die Bestellungen nur so auf Johanna, das Mädchen, hernieder. Es war erstaunlich, wie sie sich das alles merkte.

»Eine Tasse Mokka!«

»Einen Eiskaffee!«

»Ein Stück Aprikosentorte mit Schlagsahne!«

»Ein Glas Himbeerlimonade!« Und so ging es noch eine ganze Weile weiter.

Mit liebenswürdigem Lächeln nahm Hanna die verschiedenen Aufträge entgegen und beeilte sich, alle Wünsche zu erfüllen.

»Sehr tüchtiges Personal hier im Hause, sehr gut geschult.« »Herr Bleubert nimmt es anscheinend sehr genau damit.« So unterhielten sich die Gäste, während sie sich bequem in der Sonne lagerten und ihren Urlaub richtig ausnutzten. »Es ist überhaupt ein angenehmes, gutes Haus. Man ist sehr gut versorgt.«

Herr Bleubert hätte sicher zufrieden geschmunzelt, wenn er dieses Lob gehört hätte, denn nichts machte ihn glücklicher, als wenn seine Gäste das Hotel lobten.

Während Hanna die verschiedenen Getränke und Süßigkeiten brachte, ging Helma Bleubert an den Gästen vorüber. Sie war nun zwölf Jahre alt, ein hochaufgeschossenes, schmalschultriges Kind. Ihr Haar war nach der bestehenden Mode geschnitten, wie es die Kinder der Gäste in ihrem Alter auch trugen. Man hätte sie ein schönes Mädchen nennen können, wenn ihre Augen nicht einen so seltsamen Ausdruck gehabt hätten. Man wußte nicht, was stärker hervortrat, der Ausdruck der Unnahbarkeit oder des grüblerischen Fragens. Ihre Bewegungen waren ruhig, fast scheu zu nennen. Jetzt trug sie ein kurzärmeliges weißes Kleid aus feinem Seidenstoff, leichte weiße Sommerschuhe und Söckchen. Wenn Herr Bleubert sich sonst nie darum kümmerte, wie seine Tochter gekleidet war – von dem Augenblick an, wo die Saison begann, achtete er darauf.

Natürlich nur um der Gäste willen, dachte Helma nicht ohne Bitterkeit. Obgleich sie älter und verständiger geworden war, hatte sie ihre Ansicht über die Fremden, die das Haus mit Unruhe erfüllten und alle Angestellten sowie Mutter und Vater mit ihren Wünschen und Einfällen herumjagten, nicht geändert. Es war ihr allerdings klar geworden, daß sie nicht mehr so vorgehen konnte wie im vergangenen Jahr als törichtes elfjähriges Mädchen. Sie wußte, es lag nicht in ihrer Macht, den großen Betrieb des Hauses aufzuhalten, aber sie blieb nach wie vor dabei: die Fremden waren ihre Feinde.

Auch jetzt ging sie mit abgewandtem Gesicht an der Liegewiese vorbei, die Damen und Herren in den Liegestühlen nicht eines Blickes würdigend.

»Was ist denn das für eine reizende Kleine?« fragte eine ältere Dame mit wohlwollender Neugier und betrachtete Helma durch ihre Hornbrille.

»Das ist die Tochter des Hauses«, beeilte sich das Serviermädchen zu antworten.

»Hallo, kleines Fräulein, komm her, hier ist noch eine halbe Portion Eis!« rief einer der Herren in neckendem Ton. »Das ist doch etwas für kleine Schleckermäulchen.«

Wilhelma erwiderte kein Wort, aber der Blick, den sie dem Herrn zuwarf, war derart abweisend, daß dieser bestimmt kein zweites Mal wagte, ihr ein solches Angebot zu machen.

»Himmel, die ersticht einen beinahe mit ihren Augen«, sagte er und tat, als hätte er schreckliche Angst bekommen.

»Tatsächlich, ein sonderbares Kind«, fügte eine der jungen Damen hinzu. Eine andere wußte gleich mit einem Erlebnis aufzuwarten.

»Ja, denken Sie sich, gestern begegnete mir dieses Mädchen auf der Treppe. Meinen Sie, es hätte gegrüßt? Hochmütig sah es an mir vorüber, als sei ich Luft.«

»Nein, wie eigentümlich. Man begreift es gar nicht, daß das Kind des so liebenswürdigen Herrn Bleubert so unhöflich zu den Gästen des Hauses sein kann.«

Hanna, die dem Gespräch der Gäste zugehört hatte, glaubte nun auch einige Erklärungen hinzufügen zu dürfen.

»Das Kind ist eine sehr große Sorge für Herrn und Frau Bleubert; ich selbst bin ja erst seit diesem Frühjahr hier, aber ich habe mir von den Zimmermädchen, die schon viele Jahre im Hause sind, erzählen lassen, was diese Wilhelma schon für Geschichten gemacht hat. Vor ein paar Jahren hat sie…«

»Johanna!«

Das plaudernde Mädchen fuhr bei diesem scharfen Ruf, der sie zur Pflicht mahnte, erschrocken herum und – bum, – klirr, krach – da lagen drei Gläser in Scherben auf der Erde. Das Serviermädchen aber, dem vor Schreck das ganze Tablett entfallen war, stand an einen Baum gelehnt und preßte die Hände aufs Herz. Dabei stotterte es: »Du lieber Alltag, die Rike! Wie können Sie einen so erschrekken!«

Friederike, die, wie aus der Erde gewachsen, plötzlich und unverhofft aufgetaucht war, sah das junge Mädchen scharf an. »Wenn Sie hier fertig sind, gehen wir beide zusammen ins Haus!« Die Gäste kurz grüßend, ging sie dem Serviermädchen voraus, das kein Wort zu erwidern wagte und der alten Frau folgte, nachdem es die Scherben zusammengelesen hatte.

»Hu! was ist denn das für eine alte Hexe?« fragte ein

junger Mann nicht gerade respektvoll und blickte Rike, die sich seit einiger Zeit nur noch am Stock vorwärtsbewegen konnte, spöttisch nach.

»Pst! pst!« machte eine alte Dame. »Sprechen Sie nicht so laut. Ich habe mir erzählen lassen, daß es die alte Kinderfrau von Herrn Bleubert ist. Man soll große Stücke auf sie halten, und obgleich sie schon sehr alt und gebrechlich ist, versucht sie sich immer noch nützlich zu machen und taucht immer gerade da auf, wo sie am nötigsten gebraucht wird.«

»Ja, ja, das hat man eben gesehen«, lachte der junge Mann.

»Vielleicht ist sie der Schutzengel dieses seltsamen Kindes«, meinte ein anderer. »Wahrscheinlich hat sie gehört, wie das Serviermädchen uns etwas von dem Mädchen erzählte, und wollte verhüten, daß Familienangelegenheiten preisgegeben werden.«

Ein dicker Herr gähnte laut und vernehmlich und wandte sich dann an die andern: »Meine Herrschaften, ist das alles, was Sie an Tagesneuigkeiten wissen? Ich dachte, wir hätten uns jetzt lange genug mit diesem unwichtigen kleinen Mädel aufgehalten. Gehen wir nun zu einem andern Thema über.« Doch ehe ein neuer Gesprächsstoff angeschnitten werden konnte, hatte sich der Himmel plötzlich verdunkelt. Eine gewaltige Wolkenwand machte die Sonne unsichtbar. Im nächsten Augenblick erhob sich auch schon ein heftiger Sturm. Das Gewitter war da.

In wilder Flucht rannten die Gäste ins Haus, Liege- und Gartenstühle zurücklassend. Dafür waren die Angestellten da.

Den ersten vereinzelten Tropfen folgte ein wolkenbruchartiger Regen. Dazu blitzte und donnerte es.

Nicht weit vom Rosenhain war der städtische Kurpark. Dort hatte gerade das Konzert begonnen. Das Orchester spielte, während die Gäste in eleganten Kleidern auf den gepflegten Wegen spazierten. In dem Augenblick, als das Gewitter losbrach, stob man auch dort auseinander. Alles flüchtete in das im Park gelegene Restaurant, als letzte die Musiker, die ihre kostbaren Instrumente unter Jacken und Mänteln vor dem Regen zu schützen suchten.

»Ist das ein Unwetter«, jammerte der dicke Klarinettist, »keinen Hund jagt man dabei auf die Straße.«

Der Kapellmeister lachte: »Seit wann sind Sie denn so tierliebend? Sie sprechen von einem Hund, dabei denken Sie bestimmt an sich und sind froh, daß Sie unter ein schützendes Dach flüchten können.«

»Na, möchten Sie vielleicht bei diesem Wolkenbruch einen Waldspaziergang machen?«

»O warum nicht? Es soll Menschen geben, die für Ausflüge bei solchem Unwetter eine große Vorliebe haben.«

»Na, meines Erachtens fehlt es bei denen hier oben.« Der dicke Musiker tippte sich mit seinem Zeigefinger vielsagend auf die Stirne und fuhr dann fort. »Ich bin ja auch für Feuchtigkeit, aber mehr für die innerliche.« Die Kollegen lachten. Sie wußten, daß er gerne ein gutes Glas Wein trank.

Aber es gab tatsächlich Menschen, die sich gar nichts daraus machten, ein Gewitter im Walde zu erleben. Wilhelma schien zu ihnen zu gehören. Während es in Strömen regnete, ging sie seelenruhig in ihrem grünen Röckchen durch den Wald und kümmerte sich kein bißchen darum, daß sie in wenigen Minuten vollständig durchnäßt war. Erst als das Gewitter beinahe seinen Höhepunkt erreicht hatte, suchte sie eine in der Nähe liegende

Schutzhütte auf. Dort setzte sie sich auf eine Brüstung und sah ohne die geringste Spur von Angst dem Toben des Unwetters zu. Nein, sie fürchtete sich nicht. Seitdem sie vor einem Jahr zu der Erkenntnis gekommen war, daß sie an den Verhältnissen ihres Elternhauses nichts ändern konnte, war sie noch scheuer und zurückhaltender geworden als vorher. Dazu kam, daß sie sich vor ihrem Vater, der sie damals hart angefaßt hatte, fürchtete. Ganz unsagbar schmerzlich war ihr, daß auch die Mutter ihre damalige Handlungsweise nicht verstand. Nachdem sie der Vater gestraft und stundenlang eingesperrt hatte, war endlich die Mutter für ein paar Augenblicke zu ihr gekommen, um nach ihr zu sehen.

Helma hatte sich aufschluchzend in ihre Arme geworfen und wollte ihr alles erklären. Aber die Mutter hatte sehr ernst ausgesehen, den Kopf geschüttelt und gesagt: »Ich bin sehr betrübt über dich, Helma.« Und dann durfte über die ekelhafte Gespenstergeschichte und über all das andere kein Wort mehr gesprochen werden. Obgleich die Mutter immer gütig war, fühlte Helma doch, daß etwas zwischen ihr und den Eltern lag, und darüber war sie oft sehr traurig. Aber sie hätte zu niemand davon sprechen können. Sie wußte, der Vater hielt sie für ungezogen und boshaft, und ganz sicher sprach er sich auch der Mutter gegenüber oft in diesem Sinne über seine Tochter aus, so daß diese wirklich manchmal anfing, an dem guten Willen ihres Kindes zu zweifeln.

Helma litt unter diesen Verhältnissen. Aber je länger der Zustand dauerte, desto mehr vestrickte sie sich in die Idee: die Gäste sind an allem schuld. Niemand anders als die Fremden. Und ihre Abneigung gegen sie wurde immer größer. So kam es, daß sie tatsächlich oft grußlos an den Gästen im Hause ihres Vaters vorüberging und daher als unhöflich und ungezogen galt. In Wirklichkeit war sie es aber nicht. Es hatte nur niemand Zeit, sich um das Kind zu kümmern, es mit liebender Hand zu leiten und zu verhüten, daß es sich in solche verkehrten Ansichten verrannte.

Helma hatte sich daran gewöhnt, all ihren Kummer und alles, was sie besonders bewegte, in den Wald zu tragen. Im Schatten der alten Bäume, zwischen den hohen Gräsern auf den Waldwiesen, über denen bunte Schmetterlinge gaukelten, im dichten, traulichen Tannengebüsch, da war sie zu Hause.

Sie wußte genau, wo die Eichhörnchen an den Baumstämmen turnten. Sie kannte die versteckten Orte der Vogelnester. Sie konnte lange Zeit vor den Burgen der Ameisen sitzen und dem emsigen Treiben der kleinen Völker zusehen. Ja, sie liebte den Wald und fühlte sich in ihm beinahe mehr zu Hause als in ihrem eleganten Heimathaus, dem Hotel Rosenhain, wo kein Mensch für sie Zeit hatte.

Eine Schulfreundin besaß Helma nicht. Die Mädchen aus den einfachen Arbeiterfamilien hielten sie für stolz und hochmütig und meinten, sie gebe sich nicht mit ihnen ab, weil sie nicht vornehm genug seien und nicht so schöne Kleider trugen wie sie. Dabei wäre Helma oft gerne mit ihnen herumgesprungen. Besonders fühlte sie sich zu denen hingezogen, die eine Schar jüngerer Geschwister hatten, denn kleine Kinder liebte Helma über alles. Aber sie wagte sich nicht zu ihnen hin. Die Töchter anderer Pensions- oder Hotelbesitzer hatten so ganz andere Interessen als sie. Die schwärmten von den eleganten Damen und Herren, die bei ihnen zu Gast waren. Sie begriffen Helmas offensichtliche Abneigung gegen die

Fremden nicht. So war sie die meiste Zeit recht einsam.

Ihre besten Freunde blieben Rike und Hans Sprüngel, der Hausdiener, denen sie hin und wieder ihre Geheimnisse anvertraute. Hans nickte ihr verständnisvoll zu, wenn sie ihrem übervollen Herzen mal Luft machte und die »ollen Gäste zum Kuckuck« wünschte, denn er hatte oft auch eine heimliche Wut auf die Fremden, denen man selten etwas recht machen konnte. –

Das Gewitter hatte nachgelassen. Helma verließ die Schutzhütte. Sie trug einen großen, schönen Waldstrauß, den sie während des Unwetters in der Hütte sinnvoll geordnet hatte. Prüfend blickte sie zum Himmel. Die Wolken verzogen sich. Bald würde die Sonne wieder scheinen. Was schadeten ihr die paar Regentropfen, die noch vom Himmel fielen. Sie war vorhin schon durch und durch naß geworden. Zu Hause würde sie sich umziehen. So ein kalter Guß war weiter nicht schlimm. Während Helma gelassen den Heimweg einschlug, hatte Frau Bleubert schon verschiedentlich nach ihrer Tochter gefragt. Wußte denn niemand, wo Wilhelma war? Wo steckte sie nur? Sie konnte doch bei dem Gewitter unmöglich im Wald sein? »Das Kind ist einfach zuviel sich selbst überlassen«, sagte sie zu ihrem Mann. »Wir müssen doch ein Fräulein für Helma ins Haus nehmen, jemand, der für sie ganz persönlich verpflichtet ist. Es ist bestimmt nicht gut, daß sie so viel allein ist.«

»Liebe Zeit«, brauste Herr Bleubert auf, »setz' sie doch in einen Glaskasten. Es ist mir wahrhaftig schwer genug gefallen, eine Bürokraft anzustellen, jetzt soll auch noch ein Kindermädchen her für eine Zwölfjährige. Wer soll denn das bezahlen? Helma kommt jetzt in ein Alter, in dem andere Kinder ihren Eltern schon helfen im Kampf ums Dasein. Aber unsere Tochter ist zu nichts zu gebrauchen. Ich habe es ja immer gewußt, schon als sie auf die Welt kam und kein Junge war; nichts als Sorgen macht sie einem. Welch ein normaler, vernünftiger Mensch rennt bei solchem Wetter draußen herum? Ich habe keine Zeit, ihr nachzulaufen.«

Frau Bleubert schwieg. Aber das Herz war ihr schwer. Sie wußte, so hart wie ihr Mann sprach, meinte er es gar nicht. Sie selbst machte sich ja auch ernste Sorgen um das Kind, das mit seinen merkwürdigen Ansichten so ganz anders war als seine Kameradinnen.

Helma näherte sich dem Hause. Sie wußte, in ihrem verregneten Aufzug, mit dem nassen, zerdrückten Kleid und den zerzausten Haaren durfte sie dem Vater oder gar einem Fremden nicht begegnen. So schlich sie sich heimlich in das Hotel. Zum Glück war der Vorraum leer. Kein Mensch war zu sehen. Aber – o Schreck – sie vernahm die Stimme ihres Vaters. Er schien mit einem Gast die Treppe herunterzukommen. Nein, sie erreichte ihr Zimmer nicht mehr. Wo sollte sie nur hin? Auf keinen Fall durfte sie der Vater so sehen, er würde einen fürchterlichen Krach machen. Die Stimmen und Schritte kamen näher. Er mußte gleich auf dem letzten Treppenabsatz sein und sie in diesem für Gästeaugen unmöglichen Aufzug entdecken.

Helma wußte sich keinen Rat mehr, mit einem Satz war sie an dem schmalen Schrank, der, ohne irgendwelchen Zwecken zu nützen, als Schmuckstück den Vorraum zierte. Sie riß die Türe auf und schlüpfte hinein. So, – schnell wieder zu und sich mucksmäuschenstill verhalten. Sie war gerettet, – vor den kritischen Blicken des gestrengen Vaters verborgen.

Herr Bleubert hatte Besuch von einem Antiquitätenhändler, einem Manne, der in den Häusern nach alten wertvollen Möbeln forschte. Herr Bleubert hatte sich im Lesesaal mit ihm unterhalten. Verkauft hatte er aber nichts. Auf die Bitte des Fremden, das Haus besichtigen zu dürfen, hatte er sich natürlich sofort bereit erklärt, ihn zu führen, zumal der Herr hatte durchblicken lassen, unter Umständen seine Ferien mit seiner Familie in Fichtenau zu verbringen. Im oberen Stockwerk war Frau Margarete auch zu den Herren getreten. Die Besichtigung war beendet. Der Antiquitätenhändler wollte gerade das Haus verlassen.

»Ich bedaure es sehr, daß Sie nichts Passendes bei uns fanden«, sagte Herr Bleubert höflich, »aber Sie verstehen, daß in einem modernen Hotel die Zimmereinrichtungen soviel wie möglich neuzeitlicher Art sein müssen.«

»Gewiß, gewiß«, beeilte sich der Herr beizustimmen. Dabei schickte er jedoch seine forschenden Augen unentwegt in alle Winkel und Ecken, ob er nicht doch noch etwas Brauchbares entdecken könnte. Plötzlich strahlte er über das ganze Gesicht und sprang die letzten beiden Stufen begeistert auf einmal herunter.

»Aber bester Herr Bleubert, da ist ja etwas, was ich suche. Diese Prachtstücke, – dieser Schrank, – diese Truhen, – die stammen doch bestimmt noch aus dem 18. Jahrhundert, die grellen Farben, echt Schwarzwaldstil, mit den gemalten Blumen, Herzen und Sprüchen. Herrlich, herrlich, mein verehrtester Herr Bleubert. Unaussprechlich! Aber für Ihr Haus haben die Möbel ja wenig Wert. Sie sind gewiß nicht abgeneigt, sie um einen annehmbaren Preis…«

Herr Bleubert unterbrach den redegewandten Herrn. »Ich bedaure, diese Möbel sind nicht verkäuflich, sie sind ein altes Erbgut aus der Familie meiner Frau. Sie trennt sich nicht davon. Wir haben absichtlich der Diele durch diese alten Möbelstücke ein besonderes Gepräge geben wollen.«

»Wie schade, o wie schade! Aber Sie gestatten, daß ich sie mir näher betrachte.« Der Antiquitätenhändler ging auf den Schrank zu, zog seine Brille umständlich aus der Tasche und begann den Schrank von allen Seiten zu betrachten und zu beklopfen. Helma, die in ihrem Versteck die Worte und die nahenden Schritte wohl vernommen hatte, schwitzte vor Angst. Um alles in der Welt, der Mann wird doch den Schrank nicht öffnen! Nein, das durfte nicht sein. Sie umklammerte krampfhaft das Türschloß, um die Tür von innen zuzuhalten, wenn er versuchen sollte, die Türe zu öffnen. Natürlich traf gerade das ein, was sie nicht wünschte. Der Händler versuchte den Schlüssel herumzudrehen.

»Nanu! Wo hängt's denn da?«

Er zerrte von außen, Helma zog krampfhaft von innen. Nun wollte Herr Bleubert dem Fremden behilflich sein. Er zog auch. War nun der Schrank etwas wacklig auf den Beinen, oder kam es daher, weil der Gegendruck zu stark war, kurz, der wertvolle alte Schrank aus dem 18. Jahrhundert stürzte mit Gepolter und Getöse um, dem redegewandten Händler direkt auf die Füße, so daß er einen lauten Schrei ausstieß und sein glattrasiertes Gesicht schmerzhaft verzog. Der Schrei aber, der aus dem Innern des Schrankes kam, war noch lauter und schmerzlicher und hatte das jähe Erbleichen von Herrn und Frau Bleubert zur Folge.

Das Gepolter des umstürzenden Schrankes war natürlich im ganzen Haus gehört worden. Gäste und Dienstboten eilten erschrocken herbei, und alle waren nun Zeuge, wie mit glühend rotem Gesicht Helma im nassen, zerdrückten und beschmutzten Kleid, einzelne Grashalme im Haar, in einer Hand die kläglichen Überreste des Waldstraußes, dem Schrank entstieg. Zunächst fand keiner ein Wort. Sprachlos, als sähen sie eine Erscheinung, starrten sie alle auf das Kind. Helma aber kroch in unbeschreiblicher Verlegenheit aus ihrem umgestürzten Versteck und rannte spornstreichs auf ihr Zimmer, mochten sie sehen, wie sie das gräßliche Möbelstück wieder auf die Beine brachten, mochte der Vater den erschrockenen Händler trösten und ihm eine Salbe für den gequetschten Fuß geben, ihr war alles gleich. Sie wußte nur eines, daß sie sich namenlos schämte.

Es dauerte auch nicht lange, da erschien Herr Bleubert in ihrem Zimmer.

»In eine Erziehungsanstalt sollte man dich tun!« schrie er und schien zu vergessen, daß die Gäste ihn draußen hören konnten. »Durch das eigene Kind muß man sich vor den Gästen blamieren lassen, – du raffiniertes, boshaftes Ding, du hast dich nur in dem Schrank versteckt, um zu horchen!«

»Das ist nicht wahr!« begehrte Helma auf. Zum ersten Male wagte sie, dem Vater offen zu widersprechen. Sie fühlte die Schmach, die in seiner Verdächtigung lag.

»Ich horche nie! So etwas Gemeines tue ich nicht!«

»Schweig!« Der Vater war furchtbar erbost. »Kein Wort mehr, sonst werde ich dich wieder strafen, wie es schon einmal geschehen ist!«

Die Mutter war eingetreten. Die Sorge, was aus der Sache werden würde, stand auf ihrem Gesicht geschrieben. »Wilhelm, höre sie doch erst einmal an«, bat sie und legte ihre Hand beschwichtigend auf seinen Arm. Dann wandte sie sich an das Kind: »Helma, warum bist du in den Schrank gekrochen?«

Wilhelma erzählte den Hergang. Aber ihre Stimme hatte einen herben Klang, ihr Blick war düster, sie wußte, der Vater würde ihr nicht glauben, und das war beinahe nicht zu ertragen.

Er ließ auch in Wirklichkeit keine Entschuldigung gelten.

»So geht es nicht länger«, beendete er das Gespräch. »Ich sehe, hier muß eine Erzieherin ins Haus, und zwar eine ganz energische!« Mit diesen Worten verließ er das Zimmer. Frau Bleubert seufzte. Sie zog Helma an sich und streichelte ihr das vor Erregung zuckende Gesicht. »Armes Liebes«, flüsterte sie, »könnte ich mich doch mehr um dich kümmern.«

Friederike geht – eine Erzieherin kommt

Die Saison war endgültig beendet. Der letzte Gast war abgereist. Natürlich hätte es Herr Bleubert lieber gesehen, wenn der Betrieb wie im Sommer weitergegangen wäre, auch den ganzen Winter hindurch. Aber er konnte zufrieden sein. So anhaltend schön wie in diesem Jahr war der Spätsommer schon lange nicht gewesen. Daher waren die Gäste auch so lange geblieben. Im Winter würde man ja auch noch vorübergehend mit einigen Gästen rechnen dürfen. Seitdem die Sprungschanze auf der Hinterwaldwiese gebaut war, war der Ort nach und nach auch als Wintersportplatz bekannt geworden. Das kam den Hotels und Pensionen natürlich zugute.

Auch die meisten Angestellten packten ihre Koffer, nur wenige wurden für den Winterbetrieb behalten. Zu diesen gehörte seit dem letzten Jahr auch Hans Sprüngel, der Hausdiener. Übrigens beabsichtigte dieser, sich zu verheiraten. Und zwar war Else, ein Zimmermädchen, das auch schon jahrelang im Rosenhain tätig war, seine Auserwählte. Sie hätten gerne schon in diesem Sommer geheiratet, aber Herr Bleubert hatte keinen Sinn dafür gehabt. »Man heiratet doch nicht im Sommer.«

»Ach so, – ja, – natürlich – die Gäste!« Hans kratzte sich hinter dem Ohr. »Na, ja, dann wartet man eben bis zum Winter.«

Nun mußte selbst Herr Bleubert lächeln. Er schätzte die Arbeitskraft seines Hausdieners, der nun doch schon manches Jahr seinen Platz im Hotel Rosenhain ausfüllte, zumal dieser ihm sein ungerechtes Auftreten damals bei der Gespenstergeschichte nicht nachgetragen hatte. Herr

Bleubert klopfte ihm jetzt begütigend auf die Schulter. »Na, laß es gut sein, alter Junge, hab noch Geduld bis zum Winter, dann soll es auch an einem anständigen Hochzeitsgeschenk nicht fehlen.«

Also wartete man noch ein wenig mit dem Heiraten.

Frau Bleubert seufzte erleichtert auf, als der letzte Gast das Haus verlassen hatte. Jetzt kam doch eine stillere Zeit. Sie sehnte sich nach Entspannung und Ruhe, auch hatte sie vor, mit Helma während der Weihnachtsferien eine kleine Erholungsreise anzutreten. Das würde ihr und dem Kinde gut tun.

Aber es kam wieder einmal anders. Kaum war die Einrichtung des großen Speisesaales zum Winterschlaf zusammengerückt und mit Schutzhüllen bedeckt, da erkrankte Rike. So etwas war noch nie dagewesen: Rike krank! Ja, sogar ernstlich krank. Gewiß, man hatte es gesehen, daß ihre Kraft merklich abnahm. Bei ihrem hohen Alter war es ja auch nicht anders zu erwarten. Nun aber, als sie vollständig ermattet und kraftlos in ihrem Bett lag und der herbeigerufene Arzt bedenklich den Kopf schüttelte, da schien es allen unbegreiflich. Was sollte werden, wenn Rike nicht mehr da war?

Hotel Rosenhain ohne Rike! Das war undenkbar.

Frau Bleubert, die die Zeit der Ruhe so sehnlich herbeigewünscht hatte, saß Tag und Nacht am Bett der alten Frau, deren Kräfte sichtlich abnahmen.

»Muß sie sterben?« fragte Helma, die stundenlang am Fußende kauerte, flüsternd, und machte große erschrokkene Augen.

»Ich fürchte, ja«, antwortete die Mutter leise.

Wilhelma fühlte einen stechenden Schmerz in der Brust. Es war ihr, als müsse sie laut aufschreien. Weil es ihr aber nicht gegeben war, über das, was in ihr vorging, zu reden, sprang sie auf und rannte los. Sie trug ihren großen Schmerz in den Wald. Tief drinnen, wo keiner der breiten, ausgetretenen Wege hinführte, stand das Kind an einen Baum gelehnt und schluchzte. Jetzt hatte der Wald sein Festkleid ausgezogen. Die bunten Farben waren ausgelöscht. Klagend streckten die Bäume ihre kahlen Äste zum Himmel, und der Wind sang ein Trauerlied. Einen Augenblick war es, als halte auch er den Atem an. Was war das für ein Ton mitten im kalten Winterwald? Ein Kind weinte! Eine kleine Menschenseele, die es nicht fassen konnte, daß sie von den wenigen Menschen, die sie verstanden und liebten, nun einen verlieren sollte. Vielleicht den wertvollsten.

Während Helma mit ihrem großen Leid klagend im Walde weilte, lag Friederike, die alte Kinderfrau, in den letzten Zügen. Frau Bleubert hatte ihren Mann rufen lassen. Als er die treue Hüterin seiner Kindertage so hilflos liegen sah, ging ein Zittern durch seine Gestalt. Er, der vielbeschäftigte Mann, empfand, wie machtlos der Mensch in solchen Augenblicken ist.

Rike öffnete die müden Augen und blickte suchend um sich.

»Margaret!«

Freu Bleubert beugte sich über sie. »Ja, Rike?«

»Nimm dir Zeit – für das Kind – es hat eine – so zarte Seele.« Dann atmete sie ein paarmal schwer und stöhnend.

»Wilhelm wird – froh sein, – daß ich jetzt – im Winter gehe –, es ist – wegen der Gäste. – Eine günstige Zeit – zum Sterben.« –

Und dann war die alte Kinderfrau tot. Herr Bleubert

aber verließ erschüttert das Zimmer. Wie ein Hohn klang es hinter ihm her: Wegen der Gäste... Bis ins Sterben hinein hatte es die alte Frau verfolgt. – Was war das nur plötzlich für eine Last, die sich auf sein Herz legte? Er stand am Fenster seines Büros und blickte unruhig hinaus. Eben betrat seine Tochter den Park. Wie bleich das Kind aussah! – Wegen der Gäste! – Unsinn! Was waren denn das für törichte Gedanken, die ihn verfolgten? Allerdings, für Helma mochte das Sterben der alten Frau ein großes Leid bedeuten. Die beiden hatten sich gut verstanden. Aber nun hatte er keine Zeit mehr, Grübeleien nachzugehen. Er mußte den Todesfall anmelden, die Vorbereitungen für die Beerdigung treffen.

Es ist doch gut, daß das Haus gerade jetzt leer ist. Im Sommer wäre ein solcher Zwischenfall eine Unmöglichkeit. Da, – nun waren diese Gedanken schon wieder vorherrschend. Herr Bleubert errötete einen Augenblick vor sich selbst wie ein ertappter Schulknabe. Ach, wer konnte es jedem recht machen?

Die Beerdigung war vorüber. Im Hotel Rosenhain ging alles seinen gewohnten Gang, und doch fehlte Rike allen und überall. Ganz besonders Wilhelma konnte es nicht fassen, daß ihre alte Freundin nun nicht mehr da sein sollte. Frau Bleubert, die wußte, was sich in dem Herzen ihres Kindes abspielte, nahm sich Zeit für Helma. Diese empfand es wohltuend, wenn die Mutter mit einer Handarbeit bei ihr saß und mit ihr über so manche für das Kind wichtige Fragen sprach. In diesem Winter schlossen sich Mutter und Tochter wieder mehr aneinander an. Der Tod der alten Kinderfrau hatte die Brücke geschlagen.

In den Weihnachtsferien fuhr Frau Bleubert mit Wilhelma nach Karlsruhe zu Schlierkes. Dort verlebte man eine

Reihe froher Tage. Zwischen den vier Geschwistern schien Helma ganz aufzuleben. Ein frohes Kind unter Kindern, die Mutter konnte sich nicht genug wundern.

»Ich kenne sie nicht wieder«, sagte sie zu ihrer Schwägerin, »es ist, als wenn sie ausgewechselt wäre. Ich glaube, wir setzen es doch durch, ein Fräulein für sie einzustellen. Wenn sie den rechten Umgang hat mit einem Menschen, der sie versteht und mit ihr umzugehen weiß, wird sie ganz aus sich herausgehen und nicht länger eine Sonderstellung einnehmen.«

»Ja«, pflichtete Frau Schlierke ihr bei, »vielleicht ist es das Beste, aber sorgt dafür, daß ihr den richtigen Menschen mit einem liebevollen Herzen für euer Kind findet, denn sonst könnte es statt besser schlimmer werden.«

Frau Bleubert hatte an ihren Mann die dringende Forderung gestellt, noch vor Beginn der Saison ein Fräulein für Wilhelma anzustellen, andernfalls könnte sie selbst sich nicht länger vollständig der Arbeit im Hotel widmen, sondern müßte sich mehr ihrer Tochter annehmen.

Herr Bleubert konnte natürlich die Hilfe seiner Frau im Hotelbetrieb nicht entbehren, und so entschloß er sich, wenn auch widerwillig, nach einer passenden Kraft Umschau zu halten. »Ich freue mich für dich, Helmchen«, sagte Frau Bleubert zu ihrer Tochter, »du wirst dich dann nicht mehr so einsam fühlen.«

Helma machte ängstliche Augen. »Mutti, hoffentlich findet Vater die richtige.«

»O sicher, mein Kind. Glaube mir, du wirst noch recht froh darüber sein. Vielleicht wird dir das neue Fräulein eine rechte Freundin.«

Helma blickte versonnen vor sich hin. »Ach ja, eine Freundin! Das wäre schön!«

Und in diesen Gedanken begann sie sich auf das neue Fräulein zu freuen. Sie stellte sich vor, wie sie ihm alle ihre Lieblingsplätze im Wald zeigen und manchen geliebten Weg mit ihm gehen würde.

Ach ja, dann würde sie nicht mehr so einsam sein. Das Fräulein würde Zeit für sie haben, denn es kam ja um ihretwillen, war für sie da – für Helma allein – nicht für die Fremden.

Und sie versuchte sich das Fräulein in ihrer Phantasie vorzustellen.

Auf die Anzeige des Herrn Bleubert hatten sich verschiedene junge Damen gemeldet und ihre Kenntnisse und Vorzüge angepriesen. Herr Bleubert hatte seine Wahl getroffen, und eines Tages saß Fräulein Entermann im Büro des Hotel Rosenhain.

Sie mochte 24 Jahre alt sein, sah sehr forsch aus und guckte in die Welt, als sei es eine ganz selbstverständliche Angelegenheit, daß sie ihrer Umgebung gefiel.

Herr Bleubert hatte ihre Zeugnisse soeben durchgesehen. Hm, die waren ja ganz gut. Na, sie hatte auf jeden Fall Seminarausbildung und ihr Staatsexamen gemacht, demnach mußte sie ihr Fach verstehen.

»Es ist nämlich so«, sagte er. »Unsere Tochter – übrigens unser einziges Kind – ist etwas schwierig zu behandeln. Es wird Ihre besondere Aufgabe sein, ihr die notwendigen Begriffe über das Verhalten Fremden gegenüber beizubringen. Ich mache kein Hehl daraus, daß sie eine mir unbegreifliche Abneigung gegen alle Kurgäste hat. Sie verstehen, daß diesem unhaltbaren Zustand ein Ende gemacht werden muß, zumal Wilhelma einmal das Hotel übernehmen soll. Sie sehen also, worauf es mir in der Hauptsache ankommt, Fräulein Entermann?«

»Gewiß, Herr Bleubert.« Das neue Fräulein war überaus höflich und zuvorkommend. »Ich bin ganz im Bilde.«

Sie weiß wenigstens, was sich gehört, dachte Herr Bleubert. »Natürlich haben Sie auch die Schularbeiten zu beaufsichtigen, aber dabei wird Ihnen Wilhelma wohl keine Schwierigkeiten machen, sie lernt nämlich sehr gut.«

Dann rief Herr Bleubert seine Frau.

»Margarete, hier ist Fräulein Entermann, die von heute an die Erziehung unserer Tochter in die Hand nehmen wird.«

Die junge Dame erhob sich, um Frau Bleubert zu begrüßen.

Diese aber sah sie erschrocken an. Das sollte eine Erzieherin sein? Helmas Erzieherin?

Der erste Blick genügte, und Frau Bleubert wußte, daß Helma vergebens auf eine Freundin wartete. Ach, hätte ihr Mann sie selbst wählen lassen, als die vielen Angebote von Erzieherinnen kamen, nein, gute Zeugnisse allein besagten nichts. Sie wünschte für ihr Kind einen Menschen mit Herz und Gemüt. Ob dieses Modepüppchen...

Herr Bleubert schien die Gedanken seiner Frau zu erraten. Vielleicht hatte er beim Anblick dieser aufgeputzten Dame selbst Zweifel bekommen, ob er wohl die rechte Wahl getroffen habe, so beeilte er sich, mit Tatsachen aufzuwarten, um die Bedenken seiner Frau zu zerstreuen.

»Fräulein Entermann hat sehr gute Zeugnisse. Ich denke, sie wird es verstehen, unsere etwas schwer zu behandelnde Tochter zu erziehen. Sie ist bereits durch mich unterrichtet, worauf sie ihr Hauptaugenmerk zu richten hat.«

»Versuchen Sie unser Kind zu verstehen«, sagte

Frau Bleubert. »Es ist vielleicht etwas anders geartet als andere Kinder, aber es hat einen guten Kern in sich.«

Nun versicherte Fräulein Entermann mit vielen lebhaften Worten – sie war nämlich sehr redegewandt –, daß sie sich bemühen werde, zur vollen Zufriedenheit der gnädigen Frau ihre Pflicht zu erfüllen.

»Sagen Sie bitte nur ›Frau Bleubert‹«, wehrte diese entschieden ab.

Sie schien den verwunderten und ärgerlichen Blick ihres Mannes in diesem Augenblick vollständig zu übersehen.

Dann wurde Hans gerufen, der Fräulein Entermann auf ihr Zimmer führen und ihr schweres Reisegepäck hinauftragen sollte.

Inzwischen bekam Frau Bleubert die Vorwürfe ihres Mannes zu hören. »Was zierst du dich denn so, Margarete, wenn sie dich gerne mit ›gnädige Frau‹ anreden will?«

»Ich winke lieber zeitig ab«, erwiderte sie ruhig, »wenn ich es später tun würde, zum Beispiel wenn ich mit Putzschürze und Kopftuch auf dem Rasen die Betten klopfe, würde es mir lächerlich vorkommen.« – Da verstand er sie und schwieg.

Als Wilhelma später aus der Schule kam, – sie ahnte noch nichts von der Ankunft der Erzieherin – stand Hans Sprüngel an der Hausecke und zwinkerte ihr heimlich mit den Augen zu. Helma wußte, was das zu bedeuten hatte. Ihr Freund hatte ihr sicher eine Neuigkeit mitzuteilen. Sie folgte ihm in die Garage, wo er ihr schon manches Geheimnis anvertraut hatte.

»Du, die Ente ist gekommen!« flüsterte er.

»Die Ente???«

»Na ja, – das Fräulein, – die Neue. Entermann heißt sie, glaube ich.«

»Ach, die Erzieherin?«

»Ja, ja, die ist es.«

»Ist sie nett, Hans?«

»Hm, – wie man's nimmt.«

»Wie sieht sie aus?«

»Oh, – sehr gefärbt.«

»Gefärbt? Hans, wie meinst du das?«

»Na ja, weißte – um den Mund 'rum. Die Lippen. – Na, das sollte meine Else wagen, der würd' ich…«

»Oh, liebe Zeit!«

»Na, sieh mal zu, Helmchen, vielleicht gefällt sie dir besser, als du denkst.«

Wilhelma ging zögernd durch den Park ins Haus. Wenn Hans schon solche Bemerkungen machte, dann steckte gewiß etwas dahinter.

Im Vorraum wurde sie von ihrer Mutter abgefangen. »Helmchen, komm einmal zu mir herein.« Frau Bleubert fürchtete, daß das Kind in seiner ehrlichen Art seine Enttäuschung nicht verbergen könne, wenn es dem Fräulein gegenüberstand. So versuchte sie vorzubeugen.

»Helma, Fräulein Entermann ist da. Du weißt, das neue Fräulein, das vom Vater für dich angestellt worden ist. Nun hast du sie dir vielleicht etwas anders vorgestellt, als sie in Wirklichkeit ist. Sicher aber wird sie sich Mühe geben, ihren Platz auszufüllen. Nicht wahr, du bist lieb und freundlich zu ihr und läßt sie's auf keinen Fall merken, wenn du enttäuscht sein solltest.«

Vielleicht wäre es besser gewesen, wenn Frau Bleubert gar nichts gesagt hätte. Nun wußte Helma von vornherein, daß auch die Mutter etwas anderes erwartet hatte.

»So ist es also wieder nichts mit einer Freundin!« sagte Wilhelma und blickte versonnen vor sich hin. Gewiß, sie würde freundlich zu diesem Fräulein sein, aber – na, ja, – man würde erst einmal abwarten.

Bei Tisch waren dann alle zusammen. Die Saison hatte noch nicht begonnen, so konnte man sich eine gemeinsame Mahlzeit leisten.

Fräulein Entermann tat überschwenglich. »Ah, das ist ja Wilhelma! Guten Tag, mein Kind. Na, wir werden gewiß gute Freunde werden.«

Sie wandte sich an Herrn Bleubert: »Ihre Tochter sieht Ihnen sehr ähnlich, Herr Bleubert.«

Warum sagte sie das? fragte sich Helma, das stimmte doch gar nicht. Sie glich, wie man ihr schon oft gesagt hatte, ihrer Großmutter, Frau Körner. Ob sie dem Vater damit eine Schmeichelei sagen wollte? – Oh, Helma war keineswegs mehr ein kleines Mädchen. Sie machte sich ihre eigenen Gedanken über ihre Umgebung und ihre Erlebnisse. Tatsächlich, Fräulein Entermann belustigte sie. Die Mutter ahnte, was in dem Köpfchen ihrer Tochter vor sich ging und fragte sich besorgt, wie sich das Verhältnis zwischen den beiden wohl gestalten würde.

Fräulein Entermann lebte sich anscheinend sehr schnell ein. Sie fand den Kurort herrlich, das Hotel bezaubernd, Herrn Bleubert unübertrefflich, und ahnte nicht, wie ihre übertriebene Art Wilhelma, die das Gerade und Natürliche liebte, anwiderte. Sie konnte es auch nicht begreifen, daß Fräulein Entermann wer weiß wie lange vor dem Spiegel stand, ihre Löckchen drehte, die Lippen schminkte und das Gesicht puderte, bevor sie gemeinsam spazieren gingen. »Für wen putzen Sie sich eigentlich?« fragte sie. »Wir gehen doch nur in den Wald.« Fräulein Entermann hatte ihre eigene Ansicht auch über diese Angelegenheit.

»Man kann sich nie hübsch genug machen, schon der Gäste wegen.«

»Na, ich verzichte auf jeden Fall einmal auf solche Färberei, pfui!« Wilhelma tat, als müsse sie ausspucken. Fräulein Entermann schien sehr entrüstet.

»Aber bitte, was ist das für ein Benehmen?«

»Na, kommen Sie, wir wollen gehen!«

»In welchem Ton redest du mit mir?«

Jetzt hatte das Mädchen Mühe, nicht laut loszulachen. Aber es dachte an die Ermahnung der Mutter und nahm sich zusammen. »Seien Sie nicht böse, Fräulein Entermann, aber wenn ich Sie mit Ihrem Lippenstift vor dem Spiegel rumfuchteln sehe, dann muß ich direkt lachen. Doch kommen Sie, ich zeige Ihnen jetzt mein Lieblingsplätzchen im Wald!«

»In den Wald willst du gehen? Ich dachte, wir gehen in den Kurpark?«

»Ach nein, da ist doch nichts los.«

»Na gut. Es sind wohl auch noch keine Fremden da. Gehen wir also in den Wald!«

Auf der Straße trafen sie den Hausdiener. Er zwinkerte seiner kleinen Freundin mit den Augen zu und fragte flüsternd, als sie ein wenig zurückblieb: »Wie gefällt dir die Ente?«

»Sie ist eine Ziege.« –

Hans kratzte sich hinter den Ohren, zog sein Gesicht in strenge Falten und versuchte, die Stimme seines Herrn nachzuahmen: »Aber Wilhelma, wie kannst du so respektlos reden?«

»Hab' ich von dir gelernt«, sagte sie und lief davon, um

das Fräulein einzuholen. Im Wald wurde Wilhelma ganz lebendig. »Ist es nicht schön hier, Fräulein Entermann? Es gibt auf der ganzen Welt nichts Herrlicheres als unsern Wald!«

»Wilhelma, sag, es ist doch nicht etwa gefährlich hier?« fragte Fräulein Entermann ängstlich.

»Gefährlich?« wiederholte das Mädchen ganz erstaunt. »Wie meinen Sie das? Hier fahren doch keine Autos und Motorräder herum!«

»Nein, ich meine, ob sich hier nicht allerlei Gesindel herumtreibt?«

Jetzt konnte Wilhelma nicht anders als laut hinauslachen. »Aber Fräulein Entermann, doch nicht in unserem Wald.«

Jetzt wurde das Fräulein ärgerlich. »Du brauchst dich gar nicht über mich lustig zu machen. Bei uns würde sich niemand allein in den Wald wagen, es ist viel zu gefährlich.«

Wilhelma wollte nicht widersprechen, darum redete sie von etwas anderem. Ihr kleiner Freund, das Eichhörnchen, kam ihr zu Hilfe. »Sehen Sie dort drüben – dort – ein Eichhörnchen!«

»Ich sehe nichts!«

»Dort!« Helma zeigte mit der rechten Hand hinauf in eine hohe Fichte.

»Da, – sehen Sie es jetzt? Hei, wie lustig es von Ast zu Ast springt. Ist das nicht nett?«

Wieder kam dieselbe mürrische Antwort: »Ich sehe nichts, komm, laß uns weitergehen!«

Wilhelma sah Fräulein Entermann verwundert an. Warum war sie nur so komisch? Wie ein häßlicher Nebel versuchte sich die Mißstimmung über beide auszubreiten. Auf der Hinterwaldwiese steckten die ersten Anemonen die Köpfchen hervor. Da brach Wilhelmas Freude wieder wie eine lohende Flamme durch. »Anemonen! Anemonen!« jauchzte sie laut auf. »Kommen Sie, Fräulein Entermann, wir pflücken einen Strauß und bringen ihn Mutti mit. Sie freut sich immer so sehr über die ersten Blumen. In einer kleinen Kristallschale sehen sie reizend aus.«

Aber das Fräulein hatte auch jetzt wieder keine Lust, auf Wilhelmas Vorschlag einzugehen.

»Lieber nicht. Die Wiese ist noch zu naß, ich ruiniere mir die Schuhe.«

Jetzt erst bemerkte Wilhelma, daß Fräulein Entermann feine Schuhchen aus Schlangenhautleder mit hohen Absätzen trug. Sie wunderte sich. »Aber solche Schuhe zieht man auch nicht zu einem Waldspaziergang an.«

»Bitte, das ist meine Sache!«

Das Fräulein war sichtlich schlechter Laune. Wilhelma schwieg nun auch. Sie begriff es nicht, wie ein Mensch sich so wechselvoll benehmen konnte. Zuerst war sie so übertrieben liebenswürdig, – und jetzt? Was hatte sie denn getan, daß Fräulein Entermann so ärgerlich war? Wie schade, dachte das Kind, es wäre besser gewesen, ich hätte meine Waldwanderung allein gemacht. Jetzt ist sie mir schon verdorben. Dann aber erinnerte sie sich an die Worte der Mutter: »Gib dir Mühe, Helmchen.«

Gut, sie wollte es noch einmal versuchen und sich wirklich Mühe geben.

»Schön, Fräulein Entermann, dann pflücken wir ein andermal Anemonen. Jetzt möchte ich Ihnen gern mein Lieblingsplätzchen zeigen. Sie glauben gar nicht, wie herrlich es dort im Sommer ist. Oft nehme ich mir eine

Hängematte und ein Buch mit. Kein Mensch kommt hier vorbei und stört mich. Nur manchmal, wenn es ganz still ist, erscheint ein kleines Reh und guckt mich erstaunt an.«

Hätte Fräulein Entermann nur eine Spur von Gemüt gehabt, so würde dieses vertrauende Geplauder ihr Herz gerührt und ihr gezeigt haben, wie fein besaitet und empfänglich für das Schöne das ihr anvertraute Kind war. Aber Fräulein Entermann besaß eben kein Gemüt. Sie antwortete mit unzufriedenem Gesicht: »Na, dann schnell! Allzulange wollen wir uns in der bedrückenden Einsamkeit dieses Waldes nicht aufhalten.«

Merkwürdig, es war der erste gemeinsame Spaziergang, den sie unternahmen, und schon traten die Gegensätze so kraß hervor. Noch ehe sie sich zusammengefunden hatten, entfernten sie sich mit jedem Schritt und Wort weiter voneinander.

Wilhelma hatte Fräulein Entermann durch ein dichtes Tannendickicht geführt. Hier war ihr Lieblingsplätzchen. Mitten im Wald breitete sich eine kleine, sonnenbeschienene Waldwiese aus, eingerahmt von einer beinahe undurchdringlichen Tannenhecke. Auch hier waren die ersten Anemonen bereits zu sehen, und Schlüsselblumen leuchteten aus dem frischen Grün hervor. Im Sommer mußte es herrlich hier sein.

Aber auch dieses Plätzchen schien keinen Eindruck auf Fräulein Entermann zu machen. Der Pfad durch die Tannenkultur war sehr schmal, und ein kleiner Tannenzweig hatte aufs neue ihren Ärger hervorgerufen, indem er sich ein wenig vorwitzig mit ihrem Haar beschäftigt hatte.

»Du führst mich schon nette Wege, das muß ich sagen«, grollte sie und entnahm ihrem Täschchen einen kleinen

Spiegel, um ihre Frisur wieder zu ordnen. »Nun, sieh nur, wie ich aussehe!«

»Ach, Fräulein Entermann«, lenkte das Kind ein, »das macht doch nichts. Aber sagen Sie selbst, ist es hier nicht wunderschön?«

Statt einer Antwort stieß das Fräulein einen gellenden, angstvollen Schrei aus und rannte, so schnell es konnte, davon.

»Wilhelma! Komm! Ich habe dort hinten eine Gestalt gesehen, komm schnell!« – Bums! – »Au, mein Kopf!« Fräulein Entermann drückte beide Hände auf die Stirne, mit der sie soeben vor lauter Eile und Aufregung ziemlich heftig gegen einen Baum gerannt war.

»Oh! Oh! – So komm doch! Um Gottes willen, siehst du denn nicht?« –

Und schon rannte sie wieder los.

Wilhelma stand sprachlos und verwundert da und konnte sich den Grund der plötzlichen Flucht nicht erklären. Nun hörte sie es auch hinter sich im Gebüsch knakken und erkannte gleich darauf den ihr wohlbekannten Förster. Das also war die grauenerregende Ursache! Jetzt platzte Wilhelma wieder los. Das sonst so stille Kind lachte plötzlich, daß der Förster nicht anders konnte als miteinzustimmen. Noch nie war es ihm passiert, daß jemand in Angst die Flucht vor ihm ergriffen hatte. Schließlich blieb Wilhelma nichts anderes übrig, als dem Fräulein nachzufolgen. Die ganze Sache kam ihr so komisch vor, daß sie trotz aller Bemühung sich nicht beherrschen konnte und noch immer laut lachte, als sie vor Fräulein Entermann stand, die mit hochrotem Kopf, zerzaustem Haar und einer großen Beule an der Stirn ermattet auf einem Baumstumpf saß.

»Du lachst auch noch?« schrie sie das Kind erbost an. »So etwas nenne ich unverschämt. Da schleppst du mich in den dichten Wald hinein, ich habe es ja vorher gewußt, daß es hier nicht geheuer ist, ganz deutlich habe ich es gesehen, wie uns jemand nachgeschlichen ist. Kein Mensch bringt mich mehr in diese Gegend.«

Trotz der Strafpredigt lachte Wilhelma noch immer. »Aber, Fräulein Entermann, es war doch nur der Förster.«

»Das kannst du jetzt leicht sagen.«

»Und eine solche Beule haben Sie sich dabei geholt?«

»Laß mich in Ruhe! Der ganze Nachmittag ist mir verdorben.«

Helma konnte versuchen, was sie wollte, es gelang ihr nicht, Fräulein Entermann umzustimmen. Mißgelaunt und ohne ein Wort zu sprechen ging sie heimwärts. Um Wilhelmas Mund zuckte es immer noch, sie meinte das Bild der hastigen Flucht vor sich zu sehen. Bevor der Kurort erreicht wurde, versuchte Fräulein Entermann ihr Kleid und Haar wenigstens einigermaßen zu ordnen. Die Beule aber konnte sie nicht verbergen. – Je näher sie dem Hotel kamen, desto mehr schien es ihr klar zu werden, daß Herr und Frau Bleubert mit dem Verlauf des Nachmittags unzufrieden sein könnten. Sie fürchtete wohl, Helma würde Unangenehmes ausplaudern. Das mußte verhütet werden. So lenkte sie ganz unvermittelt ein und begann in liebenswürdigster Weise ein Gespräch mit dem Mädchen. Wilhelma durchschaute sie. Und nun mochte sie nicht. Nein, diese Art widerstrebte ihr. Sie gab deshalb nur noch einsilbige oder gar keine Antworten. –

Bei Tisch fiel natürlich die Beule auf.

»Nanu«, fragte Herr Bleubert, »was haben Sie sich denn für eine Verwundung zugezogen?«

»Ach, es ist nicht weiter schlimm«, erwiderte das Fräulein, »ich habe mich nur ein wenig gestoßen. – Aber was ich sagen wollte, – Ihr Wald ist herrlich. Ich begreife gut, daß Wilhelma so dafür schwärmt.«

Da legte Helma plötzlich ihr Besteck neben den Teller und hatte keinen Hunger mehr. Fräulein Entermann war für sie erledigt.

Hans Sprüngel hatte die Beule an der Stirne des Fräuleins natürlich auch entdeckt. »Kopfnuß?« fragte er seine kleine Freundin, als er sie allein traf.

Wilhelma aber war noch erfüllt von dem sie empörenden Benehmen des Fräuleins bei Tisch. Sie vermochte jetzt nicht auf den Spaß des Hausburschen einzugehen. »Ich bin fertig mit ihr. Sie lügt!« antwortete sie mit ernstem Gesicht und ging weiter.

Da kratzte sich Hans Sprüngel abermals hinter dem Ohr. Oha, – wenn das Helmchen solchen Ton anschlug, dann war es ihm ernst damit.

Die gestörte Hochzeit

Nun war der Winter vergangen, und Hans Sprüngel hatte noch immer nicht heiraten können. Eines Tages aber wurde es ihm doch zu dumm. Er nahm seine Else bei der Hand und steuerte zum Büro seines Chefs.

»Na«, fragte dieser, als das junge Paar vor ihm stand, »was gibt's?«

»Hochzeit gibt's«, antwortete Hans prompt. »Jetzt haben wir nämlich lange genug gewartet. Nur noch ein paar Wochen, und wir sind wieder mitten im Saisonbetrieb, und dann, – man weiß es ja, – geht's wieder nicht wegen der hochwerten Gäste. – Nun ist's aber Schluß! Ich bitte höflich um ein paar Tage Urlaub, damit ich Hochzeit halten kann.«

Herr Bleubert lachte. »Und du, Else, willst du auch Urlaub haben?«

Else errötete. Und Hans antwortete statt ihrer.

»Na, das ist doch klar, Herr Bleubert. Ohne die Braut geht's doch nicht. Ich kann doch nicht allein vor dem Altar stehen.«

»Wann soll denn die Hochzeit sein?«

»Heute in vier Wochen.«

»O weh!« Herr Bleubert blätterte in seinem Kalender. »Bis dahin haben wir schon eine Anzahl Gäste.«

»Nichts für ungut, Herr Bleubert, das ist mir nun ganz gleich. Wenn ich immer auf die Gäste Rücksicht nehmen soll, dann kann ich meiner Lebtag meine Else nicht heiraten. – Brauchst deswegen nicht rot zu werden, es ist doch wahr, Else!«

»Nun gut, ich sehe das selbst ein«, erwiderte der Chef.

»Also heiratet! Ihr bleibt ja nach wie vor Angestellte meines Hauses. Daher und auch besonders aus dem Grund, weil ihr beide jahrelang treue Dienste hier geleistet habt, will ich euch im Sonnenblick zwei Zimmer als Wohnung einrichten. Die Möbel schenke ich euch.«

Das war mehr, als die beiden je erwartet hatten. Vor Freude fanden sie kaum ein Wort des Dankes.

»Aber Herr Bleubert, – das – das – können wir – ja – gar nicht annehmen.«

»Na, na, man kann alles, was man will.«

Hans Sprüngel hatte aber noch ein Anliegen. Er wollte Wilhelma einen sehnlichen Wunsch erfüllen und sie zur Hochzeit einladen.

»Sie selbst, Herr Bleubert, und auch Ihre Frau haben ja doch keine Zeit zu kommen.«

»Ich habe nichts dagegen«, antwortete der Chef. »Ihr beide seid ja immer gut Freund gewesen. Sie kann ja als Brautjungfer fungieren.«

Das treue Gesicht des Hausburschen zog sich ganz in die Breite vor Freude, und Else beteuerte, daß sie auch sehr gut auf das Helmchen aufpassen wolle, damit ihm nichts passiere.

»Na, an deiner Hochzeit wirst du wohl an anderes zu denken haben. Außerdem wird selbstverständlich Fräulein Entermann Wilhelma begleiten.«

Darauf waren die beiden allerdings nicht vorbereitet, und das breite Lachen verschwand ganz plötzlich auf Hansens Gesicht. Am liebsten hätte er sich seiner Gewohnheit gemäß hinter dem Ohr gekratzt, aber das ging jetzt nicht gut an. Nun hatte Herr Bleubert aber keine Zeit mehr, und er schickte das Brautpaar wieder an die Arbeit.

Als Wilhelma am Mittag aus der Schule kam, wußte

Hans Sprüngel sie wieder vor dem Haus abzufangen.

»Du, Helmchen«, rief er ihr freudestrahlend zu, »ich habe mit deinem Vater gesprochen, du darfst mit zu unserer Hochzeit, er hat's erlaubt.«

»Hans!« – Das war ein Jubel! Mit einem Satz flog das große Mädchen seinem Freund um den Hals und wollte ihn schier totdrücken.

»Hans, ich freue mich ja so sehr!«

»Wilhelma!« – Das war nun kein Jubel, sondern ein Ton großer Entrüstung. Das Mädchen fuhr erschrocken zusammen. Fräulein Entermann stand im Portal. Jetzt kam sie näher.

»Ich bitte dich, Wilhelma, wie kannst du dich so benehmen? Man hängt sich doch in deinem Alter dem... dem...«

»Sagen Sie's nur, Fräulein, dem Hausdiener nicht an den Hals!« vollendete Hans Sprüngel den Satz.

»Vielleicht ist es Ihnen eine Beruhigung, wenn ich Sie mit der Tatsache bekannt mache, daß ich das Helmchen im Kinderwagen gefahren habe, längst ehe Sie überhaupt etwas von Kindern verstanden. Damals hatten Sie noch keinen Schimmer vom Hotel Rosenhain.«

Fräulein Entermann war sehr gekränkt und fuhr auf. »Ich wüßte nicht, daß ich mit Ihnen gesprochen hätte.«

»Aber ich mit Ihnen«, erwiderte Hans sehr ruhig.

Das Fräulein würdigte ihn keines Blickes mehr und wandte sich an Wilhelma: »Du kommst jetzt sofort mit mir herein!«

Diese aber antwortete trotzig: »Nein, ich komme jetzt nicht, ich habe noch etwas mit Hans zu besprechen!« Fräulein Entermann zog sich beleidigt zurück. »Ich werde mit deinem Vater reden, Wilhelma!« Das war dem

Kind ganz gleichgültig. Übrigens wußte es genau, daß das nur eine leere Drohung war. Fräulein Entermann hütete sich, Derartiges dem Vater zu hinterbringen. Sie befürchtete wohl, daß Wilhelma dann auch allerlei ausplaudern würde, was ihr nicht angenehm wäre.

Frau Schlierke war eines Tages zu Besuch gekommen. Nachdem sie das neue Fräulein eine Weile beobachtet hatte, wandte sie sich an ihre Schwägerin.

»Margarete, ich fürchte, daß ihr mit dieser Erzieherin einen Fehlgriff getan habt. Sie ist nicht das richtige Vorbild für Wilhelma.«

»Ich weiß es«, erwiderte Frau Bleubert. »Schon im ersten Augenblick ihres Hierseins habe ich das gesehen, aber du weißt, wie Wilhelm, dein Bruder, ist. Er läßt sich da nicht hineinreden. Weil Fräulein Entermann es versteht, vor ihm ein liebenswürdiges, zuvorkommendes Wesen zur Schau zu tragen, glaubt er, sie übe den besten Einfluß auf Wilhelma aus, gerade in bezug auf den Umgang mit Fremden. Das ist eben sein Steckenpferd.«

Frau Schlierke schüttelte den Kopf. »Armes Helmchen, du kannst mir leid tun.«

Hans Sprüngel hatte seiner kleinen Freundin mitgeteilt, daß der Vater bestimmt habe, Fräulein Entermann müsse sie zur Hochzeit begleiten.

»O wie schrecklich«, jammerte Wilhelma, »das verdirbt mir die ganze Freude.«

»Wir müssen versuchen, sie davon abzuhalten«, erwiderte der Hausbursche und flüsterte noch eine Weile mit dem Mädchen.

Während der Mahlzeit wandte Herr Bleubert sich an Fräulein Entermann. »Hans Sprüngel und seine Braut haben Wilhelma eingeladen, an ihrer Hochzeit teilzunehmen. Ich möchte gern, daß Sie meine Tochter begleiten.«

»Aber natürlich, Herr Bleubert! Ganz wie Sie wünschen! Es ist mir ein Vergnügen!«

Helma warf ihr einen Blick zu, der nicht gerade respektvoll zu nennen war. Herr Bleubert sah seine Tochter forschend an. »Na, Wilhelma, ich dachte, du würdest dich sehr auf die Hochzeit freuen? Nun scheint es mir aber gar nicht der Fall zu sein.«

»Ich freue mich ja auch«, sagte Wilhelma.

»Na, da stimmt doch wieder etwas nicht. Bei dir kenne sich aus, wer will!« bemerkte der Vater noch.

Von diesem Tage an durfte Fräulein Entermann sich nicht in die Nähe von Hans Sprüngel wagen, ohne daß dieser mit dem freundlichsten Gesicht der Welt eine Unterhaltung begonnen hätte. »Sie kommen also zu meiner Hochzeit? So, so, – sehr nett! Na, es wird ja wohl nicht das erstemal sein, daß Sie aufs Land gehen. Bei den Eltern meiner Else geht's eben ganz ländlich zu. Vor dem Haus liegt, wie vor jedem Bauernhaus auf dem Lande, ein großer Misthaufen.«

»O liebste Zeit!« Fräulein Entermann blickte entsetzt auf ihre zierlichen Schuhe.

»Ja, – und die kleinen Ferkel sind bei uns meistens in der Stube. Die würden sich draußen erkälten.«

Fräulein Entermann sah ihn verärgert an. Es war eigentlich unverschämt von diesem Hausdiener, sie so zum Narren zu halten. Aber sie schüttelte sich doch im Gedanken daran, daß ein Schweinerüssel ihre seidenen Strümpfe beschnüffeln könnte. – O pfui!

Hans fuhr fort: »Es wird Ihnen auch bekannt sein, daß auf dem Land alle aus einer großen Schüssel essen. Wir gedenken es auch bei unserer Hochzeit so zu halten.«

»Brrrrrr, ich danke Ihnen sehr, – lieber hungere ich.«

»Außerdem müssen wir Sie schon bitten, auf dem Heuboden zu schlafen. Es sind dort leider nicht so viele Zimmer wie hier im Rosenhain. Aber Sie brauchen sich nicht zu fürchten. Sie sind nicht allein. Die alte Großmutter und die Stallmagd schlafen auch auf dem Heuboden. Außerdem leisten Ihnen Ratten und Mäuse zur Genüge Gesellschaft.«

»Hans! Sie sind wohl verrückt!«

»Aber Fräulein Entermann, – bedenken Sie doch, wenn einer der Gäste einen solchen Ausdruck von Ihnen hörte!«

Er war doch ein ganz durchtriebener Kerl, dieser Hausbursche. Fräulein Entermann ging wieder einmal beleidigt davon. Hans Sprüngel aber erzählte seiner Freundin Wilhelma, daß er nicht mehr damit rechne, Fräulein Entermann als Hochzeitsgast begrüßen zu dürfen.

»Ach, das wäre ein Glück«, seufzte Wilhelma.

Aber trotz aller Schauergeschichten mußte das Fräulein sie doch begleiten. Der Vater duldete es nicht anders. Wilhelma brauchte Tage, um ihre Enttäuschung zu überwinden. Hans und Else jedoch redeten ihr gut zu. »Laß mal, Helmchen, es wird doch noch schön. Und wenn uns die Ente ärgert, dann lassen wir sie einfach hinterherwatscheln.«

»Aber Hans«, tadelte Else, »wenn die Gäste ...«

»Ach was, es hat ja niemand gehört.«

Aber Frau Bleubert war in der Nähe gewesen und trat nun zu der Gruppe. »Was hat niemand gehört? Ich hoffe, daß ihr nichts zu verhandeln habt, was andere nicht hören dürfen.«

»Wir sprachen von einer Hochzeitsente«, antwortete

der Schlingel Hans mit dem harmlosesten Gesicht der Welt.

»So, gibt es an eurer Hochzeit etwa Entenbraten?« fragte Frau Bleubert.

»Ja, ja, Entenbraten«, erwiderte Hans und ging grinsend davon.

»Das wäre mir ein schöner Braten!«

Die vier Wochen vergingen schnell. Else war bereits ein paar Tage vorher zu ihren Eltern gefahren, um bei den Hochzeitsvorbereitungen zu helfen. An einem trüben, regnerischen Morgen fuhr Hans Sprüngel, der glückliche Bräutigam, mit Fräulein Entermann und Wilhelma Bleubert in ein Tal des nördlichen Schwarzwaldes. Wilhelma war glücklich. Der Lehrer hatte ihr ohne weiteres ein paar Tage freigegeben. Sie freute sich auf die vor ihr liegenden Tage wie auf ein großes Fest. Noch nie hatte sie eine Hochzeit auf dem Lande miterlebt. Nun war sie voller Erwartung. Die Regenwetterstimmung auf dem Gesicht der Erzieherin störte sie nun keineswegs mehr. Mochte diese sich wieder einmal in die schlechteste Laune hineinsteigern, sie ließ sich ihre Freude nicht rauben. Als der Zug in dem kleinen Schwarzwalddörfchen Waldhausen angelangt war, hatten sich die Regenwolken durch die Sonne vertreiben lassen. Die Hochzeit schien also im schönsten Frühlingswetter stattzufinden. Else war am Bahnhof, sie strahlte über das ganze runde Gesicht. Endlich war ihr Fest- und Ehrentag gekommen. Vom Bahnhof Waldhausen bis in ihren Heimatort hatte man noch eine starke Stunde bergan zu steigen.

»O du grundgütiger Himmel«, seufzte Fräulein Entermann und versuchte mit großen, ungeschickten Schritten die breiten Regenwasserpfützen zu überschreiten.

»Bis Sie das nächste Mal kommen, ist die Dorfstraße asphaltiert«, meinte Hans Sprüngel. »Ich werde es Ihretwegen beim Bürgermeister beantragen.«

»Das werden Sie wohl kaum erleben, daß ich dieses unkultivierte Stück Erde ein zweites Mal betrete.«

Else gab sich Mühe, die Stimmung, die bereits wieder eine bedenkliche Wendung zu nehmen drohte, zu retten. Sie erzählte von den verschiedenen Hochzeitsgästen, die erwartet wurden. Endlich kam man in dem kleinen, hochgelegenen Dörfchen an.

Wilhelma stieß einen Freudenschrei aus. »Oh – oh –, wie schön ist es hier!«

So weit das Auge blickte, erstreckten sich dunkle Tannenwälder, und im Hintergrund erhob sich eine ansehnliche, ebenfalls bewaldete Bergkette. Dazwischen breiteten sich liebliche Täler aus mit saftigen grünen Wiesen, durch die muntere, im Sonnenlicht glitzernde Bächlein eilten. Die Wiesen selbst glichen im Schmuck der Frühlingsblumen bunten Teppichen, auf denen einzelne Häuschen wie aus einer Spielzeugschachtel hingestellt schienen.

Wilhelma konnte sich nicht sattsehen an dem schönen Landschaftsbild. In den Anblick versunken, stand sie da und achtete nicht darauf, daß die andern schon eine ganze Strecke weitergegangen waren. Fräulein Entermanns ärgerliches Rufen brachte sie erst wieder zur Wirklichkeit zurück.

»Wilhelma, vielleicht beeilst du dich ein wenig! Glaubst du, ich habe Lust, noch länger auf dich zu warten? Dieses elende Bergsteigen hat mich schon so ermüdet, daß ich für einige Tage genug habe.«

Direkt am Waldesrand stand Elses Elternhaus. Blitzsauber, weiß getüncht mit grünen Fensterläden und blinkenden Scheiben, vor denen blühende Blumen standen, sah es sehr einladend aus. An der Gartentür stand Elses Mutter, die zu Ehren der Gäste bereits ihr schwarzes Kleid angezogen hatte. Sie war klein und rundlich, ihr Haar war schlicht gescheitelt, und aus ihren Augen strahlte die Sonne der Güte.

»Grüß Gott, grüß Gott!« begrüßte sie die Ankommenden und streckte ihnen beide Hände entgegen, in denen die harte Arbeit der Landwirtschaft hier in den Bergen tiefe Furchen eingegraben hatte. Wilhelma aber zog sie mütterlich in ihre Arme.

»Des also isch es Helmale«, sagte sie in ihrer schwäbischen Mundart. »I han vo meim Elsle scho viel von dir g'hört. – Isch des e Freud, daß du mitkomme bischt, Helmale, e große Freud.«

Auch das feine Fräulein wurde herzlich willkommen geheißen. Aber obgleich dieses auf den ersten Blick entdeckte, daß die Schauergeschichten von jungen Schweinen, die in der Stube hausen sollten, dem Misthaufen, durch den man waten müßte usw., von Hans Sprüngel erfunden waren, vermochte es nicht Herr seiner schlechten Laune zu werden. Mißmutig saß es in dem blitzsauberen Stübchen, das in seiner Einfachheit einen so freundlichen Eindruck machte. Hans Sprüngel schüttelte seinem Schwiegervater, der, seine Pfeife rauchend, am Fenster saß, die Hand.

»So, Vater, jetzt wird geheiratet! Nicht einen Tag länger wird's hinausgeschoben. Morgen ist der letzte Termin.« Dabei lachte er, daß die Reihe seiner gesunden Zähne blitzte.

»Jawohl«, erwiderte der alte Mann, »jetzt wird's nimmer rückgängig g'macht.«

Else deckte den Kaffeetisch und schnitt schon heute die Kuchen für die Hochzeit an, die auf großen Brettern in den Zimmern lagen. Wilhelma griff herzhaft zu. Diese natürliche Art behagte ihr, sie fühlte sich vom ersten Augenblick an zu Hause.

Nach dem Kaffeetrinken führte Elses Vater sie im Garten und Stall herum. Helma jauchzte laut auf. Da waren außer einer Kuh, einem Schwein und zwei alten Ziegen vier kleine Zicklein, die auf die Wiese hinausgelassen wurden und dort so lustige, unbeholfene Sprünge machten, daß es eine helle Freude war.

Wilhelma klatschte in die Hände und behauptete, das eine kleine Zicklein habe gerade gelacht. »Bestimmt, Hans, guck nur richtig hin, es lacht wirklich.« Und sie hing sich beglückt in den Arm ihres Freundes. –

Zum Abendessen kamen noch einige andere Familienangehörige zusammen, alles freundliche Leute, die sich natürlich und ungezwungen benahmen. Man aß auch nicht aus einer Schüssel. Natürlich war nichts von der ausgesuchten Eleganz des Speisesaals eines Kurhotels vorhanden, aber alles war sauber und appetitlich, und die Speisen schmeckten vorzüglich.

Fräulein Entermann und Wilhelma bekamen das schönste Zimmer des Hauses zugewiesen. Ein großer Vergißmeinnichtstrauß stand auf dem Tisch, blütenweiße Vorhänge hingen vor den Fenstern, durch die man direkt in den Tannenwald blicken konnte. Wilhelma fand das Zimmer wirklich prachtvoll, während Fräulein Entermann voller Entsetzen an der Türe stehenblieb.

»Um alles in der Welt, in einem rot-weiß-kariert überzogenen Bett soll ich schlafen?« – Helma war schon längst in die hohe Bettburg geklettert und unter dem schweren

Federbett verschwunden, so daß nur ihr Näschen und der Haarschopf hervorguckte. Fräulein Entermann aber war sich noch immer nicht schlüssig, ob sie sich wirklich in ein solches Bauernbett legen oder die Nacht lieber auf einem Stuhl verbringen sollte. –

Helma versuchte ihr zuzureden. »Fräulein Entermann, legen Sie sich doch hin. Sie glauben gar nicht, wie herrlich weich es ist.« Als alles nichts nützte, brummte sie unter der Decke: »Dann nicht, dumme Gans!« und legte sich auf die Seite, um zu schlafen. Sie war wirklich ärgerlich über die kindische Ziererei des Fräuleins.

Der nächste Tag war wie geschaffen zu einer Hochzeitsfeier. Sonne, Sonne, wohin das Auge blickte.

Vor dem Haus gruppierte sich der Hochzeitszug. Als erste das Brautpaar. Else sah in ihrem weißen Kleid und Schleier mit den roten Backen wie eine Heckenrose aus. Der Luftikus Hans aber schien sich in Gehrock und Zylinder sehr beengt zu fühlen.

»Ich wollt, es wär' schon vorüber«, brummte er vor sich hin, »einmal im Leben Hochzeit genügt vollkommen.« Hinter dem Brautpaar stellten sich die Eltern und dann paarweise alle übrigen Gäste auf. Jeder trug eine Nelke im Knopfloch oder am Kleid, und alle sahen sehr feierlich aus. Vor dem Brautpaar aber durften die Kinder gehen. Die Mädchen hatten Blumenkränzchen im Haar und die Buben trugen ein Blumensträußlein im Knopfloch. Zwischen ihnen schritt glücklich lächelnd Wilhelma. Sie sah reizend aus in ihrem duftigen weißen Kleid. Sie hatte sich selbst einen Vergißmeinnichtkranz gewunden, der wie eine Frühlingskrone auf ihrem Haar saß. An jeder Hand führte sie ein pausbäckiges kleines Bauernmädchen, die mit ihren kurzen Beinchen mit den anderen

Schritt zu halten suchten und in ihrer Tracht allerliebst aussahen.

Und dann setzte sich der Zug in Bewegung, den Berg ging's hinunter ins Tal, bis nach Waldhausen, wo die Kirche stand, von der festtägliches Glockengeläute grüßte.

Mitten durch die Frühlingsherrlichkeit ging es. In Helmas Herzen läuteten alle Freudenglocken: Wie schön! Wie schön! Ihretwegen hätte der Weg durch den strahlenden Sonnentag kein Ende zu nehmen brauchen. Plötzlich fragte sie sich, wo Fräulein Entermann wohl geblieben sei. Diese war nach wie vor sehr kühl und abweisend geblieben. Darum hatte sich auch niemand gefunden, der sie im Hochzeitszug führte, und so war Hans Sprüngels Prophezeiung wirklich in Erfüllung gegangen. Sie wakkelte verdrossen hinterher wie eine verlorengegangene Ente. Die festlich gestimmten Hochzeitsgäste kümmerten sich schließlich nicht mehr um sie. Mit so einer eingebildeten Person wußten sie nichts anzufangen.

Dann war man in der Kirche. Fast sämtliche Dorfbewohner waren dort versammelt, um an der Trauung teilzunehmen. Die Orgel spielte, der Kirchenchor sang, und dann knieten Hans und Else vor dem Altar. Das war ein so ergreifender Anblick, daß Helma die Tränen in die Augen traten und sie den Atem anhielt, damit ihr ja nichts entging von diesem Weiheakt.

Nach der Trauung zog man, diesmal sogar mit Musik, den Berg wieder hinauf. Dann gab es auf der Wiese neben dem Hause ein Tänzchen für die Jugend. Man war sehr fröhlich beisammen. Hans forderte seine Freundin mit dem Vergißmeinnichtkranz zu einem Tanz auf und wirbelte Helma, die zwar sehr verlegen war, so sicher über den grünen, blühenden Tanzboden, wie es eben nur er als ihr alter Freund konnte. Elses Mutter, die dem fröhlichen Treiben von der Hausbank aus zusah, flüsterte ihrer Nachbarin ins Ohr: »Es isch kei Wunder, daß sie's so gut miteinander könne. Er hat sie schon im Kinderwägele g'fahre.«

Das rührte sie so, daß sie sich eine Träne aus den Augen wischen mußte. Wilhelma aber war glücklich. Ihre Wangen waren gerötet, ihre Augen strahlten. Hier, bei diesen schlichten, einfachen Landleuten fühlte sie sich wohl. Hier gab sich jeder ganz natürlich, und niemand wollte mehr scheinen, als er in Wirklichkeit war.

Mitten hinein in all diese Freude trat Fräulein Entermann plötzlich zu Wilhelma und sagte mit spitzer Stimme: »Es ist jetzt Zeit, daß du dich fertigmachst, unser Zug fährt um fünf Uhr!«

Helma starrte sie sprachlos an. »Wie meinen Sie, bitte?«

»Ich denke, du hast mich verstanden, wir müssen mit dem nächsten Zug nach Hause fahren.«

»Aber Fräulein Entermann, wir werden doch erst morgen abend erwartet.«

»Das ist mir ganz gleich, ich bleibe auf keinen Fall auch nur eine Stunde länger als nötig hier in diesem elenden Nest.«

»Aber – ich – ich –«

»Also bitte, keine Widerrede!«

Wilhelma verlegte sich aufs Bitten. »Fräulein Entermann, es ist doch so schön hier. Verderben Sie mir doch nicht die ganze Freude.«

»Also es bleibt dabei!«

Wilhelmas Augen standen voll Tränen. Da trat Fräulein Entermann nahe zu ihr und flüsterte mit erregter Stimme: »Mach mir keine Szene, du hast mir zu gehorchen!«

Das ging über die Kraft des Kindes. Es spürte, daß es dieser Person eine Genugtuung war, ihm die Freude an diesem Fest zu verderben, und plötzlich ballte es die Faust, stampfte mit dem Fuß auf und schrie, daß es alle Umstehenden hören mußten: »Sie sind eine abscheuliche, ekelhafte Person! Ich hasse Sie, wie ich alle Fremden hasse! Pfui! Pfui! Pfui!«

Im nächsten Augenblick waren die beiden umringt von den Hochzeitsgästen. Alle sahen sprachlos auf das aufgebrachte, erregte Kind. Fräulein Entermann aber war blaß geworden. Ihre geschminkten Lippen stachen grell von ihrem weißen Gesicht ab.

»Auf der Stelle kommst du mit mir, du unfolgsames Geschöpf!« zischte sie. »Im Büro deines Vaters werden wir weiter über dein Betragen sprechen!« Wilhelma stand in grenzenloser Verlegenheit zwischen den neugierig Horchenden. Sie hätte vor Scham in den Boden sinken mögen. Hilflos krampfte sie die Hände ineinander, während sie alle Kraft zusammennahm, um das heftig aufsteigende Schluchzen zu unterdrücken. In diesem Augenblick erschien Hans, der junge Ehemann. Kaum hatte ihn Wilhelma gesehen, als sie sich nicht länger beherrschen konnte, auf ihn losstürzte, ihn umklammerte und laut aufschluchzte: »Hans, – Hans, hilf mir doch! Sie gönnt mir die Freude nicht. Du hast doch hier zu bestimmen, und du bist doch auch mein Freund.« Der Vergißmeinnichtkranz war auf die Erde gefallen. Ihr Haar war zerzaust. Sie achtete nicht darauf, daß sie die weiße Hochzeitskrawatte des jungen Ehemannes in eine unmögliche Lage brachte. Es war ein rührender Anblick. Der treue Hausbursche vom Rosenhain streichelte unbeholfen mit seiner großen Hand die tränennassen Wangen seiner kleinen Freundin und redete ihr beruhigend zu. Er versuchte auch Fräulein Entermann zu bewegen, ihren Entschluß rückgängig zu machen. Aber es war vergebens. Sie blieb hart und schien sich tatsächlich an dem Schmerz des Kindes zu weiden.

»Du kannst nichts machen, Helmchen«, sagte er schließlich, »sie ist deine Erzieherin. Aber laß nur, wenn ich morgen abend nach Fichtenau komme, dann donnert's im Rosenhain!«

Wilhelma mußte sich schließlich fügen. Es war allen leid, daß das Kind schon gehen mußte, und jedes wollte ihm gerne noch irgend etwas Gutes und Liebes tun.

Eine halbe Stunde später schritt Helma neben Fräulein Entermann mit verweintem Gesicht den Berg hinunter zum Bahnhof. Schweigend saßen die beiden in der Bahn nebeneinander und grollten sich gegenseitig an. Hätte Fräulein Entermann geahnt, was für ein Plan im Köpfchen ihrer Schutzbefohlenen reifte, so hätte sie wahrscheinlich doch versucht, einen versöhnenden Ton anzuschlagen. Nach einer Stunde Fahrt mußten sie die Kleinbahn verlassen und umsteigen. Sie hatten nur zwei Minuten Aufenthalt, dann ging es wieder weiter. Nachdem Fräulein Entermann den Anschlußzug bestiegen hatte und sich nach einem Platz umschaute, entdeckte sie plötzlich, daß Wilhelma sich gar nicht in dem Abteil befand. In diesem Augenblick setzte sich der Zug in Bewegung. Ein fürchterlicher Schreck durchfuhr sie. Wilhelma war spurlos verschwunden.

In stürmischer Nacht verirrt

Bereits auf dem Weg zum Bahnhof Waldhausen war in Wilhelma der Plan gereift, Fräulein Entermann heimlich zu verlassen und auf eigene Faust wieder allein zurück zur Hochzeitsfeier zu wandern. Sie hatte in ihrem Handtäschchen noch ein paar Mark, die sie von ihrer Mutter anläßlich der Reise bekommen hatte, und konnte sich also zur Not eine Fahrkarte zurück nach Waldhausen lösen.

Als sie auf der Umsteigestation mit Fräulein Entermann von einem Bahnsteig zum andern ging, versteckte sie sich blitzschnell hinter einem Diensthäuschen, während das Fräulein mit anderen Reisenden dem schon bereitstehenden Zug zustrebte und einstieg.

Es war dann alles sehr schnell gegangen. Der Zug mit Fräulein Entermann war abgefahren und Wilhelma konnte eine gewisse Schadenfreude nicht unterdrücken, als sie allein zurückblieb. Mochte sich die Entermann ruhig ein wenig ängstigen. Warum war sie so mißgünstig gewesen? Ihr Plan war fertig. Sie würde zurück nach Waldhausen fahren, den Berg wieder hinaufsteigen und droben die Hochzeitsgesellschaft überraschen. Die würden Augen machen! Dann würde sie ihren Freund Hans bitten, nach Hause ins Hotel zu telefonieren und der Mutter, die sich gewiß ängstigte, wenn Fräulein Entermann ohne sie angekommen war, mitzuteilen, daß sie wieder bei der Hochzeitsfeier sei. Die Mutter würde bestimmt nichts dagegen haben, wenn sie erst am nächsten Tag nach Hause kam, sie gönnte ihr die Freude. Der Vater allerdings, der würde mit ihrer Handlungsweise nicht so ganz einverstanden sein. Aber sicher würde Hans Sprüngel für sie ein gutes Wort einlegen.

Alles war herrlich ausgedacht. Wilhelma war ja auch kein kleines Mädchen mehr, sondern wurde im Mai dreizehn Jahre alt. Da kann man schon einmal etwas allein unternehmen. So ging sie auch zuversichtlich zum Schalter und verlangte eine Fahrkarte nach Waldhausen. Vorher gab es noch ein kleines Hin und Her mit dem Bahnbeamten, weil sie mit der in Waldhausen gelösten Karte nicht bis zum Endziel Fichtenau gefahren war. Wilhelma erklärte jedoch, daß sie sich entschlossen habe, wieder nach Waldhausen zurückzufahren, um erst am nächsten Tag nach Fichtenau zu reisen. Dagegen hatten die Bahnbeamten dann auch nichts einzuwenden. Daß der nächste Zug erst in anderthalb Stunden, also um halb acht Uhr, fuhr, war weniger nett. Bis man in Waldhausen ankam, war es gewiß schon dunkel, und dann mußte sie noch eine Stunde den Berg hinaufsteigen. Aber Wilhelma fürchtete sich nicht. Sie würde den Weg schon finden und stellte sich vor, wie gut sie nach diesem Abenteuer in dem rot und weiß gewürfelten Bett schlafen würde. Und dann hatte sie noch einen ganzen Tag in dem kleinen Schwarzwalddörfchen vor sich. Herrlich!

Bis zur Abfahrt des Zuges war noch Zeit genug, die Umgebung des Bahnhofes anzusehen. Ja, sie wurde sehr unternehmungslustig und ging ein ganzes Stück in das ihr fremde Städtchen hinein. Das Abenteuer machte ihr riesigen Spaß.

Inzwischen saß Fräulein Entermann in nicht zu beschreibender Aufregung im Zug, der sie nach Fichtenau bringen sollte, und versuchte sich vorzustellen, was für Folgen wohl Wilhelmas Verschwinden für sie haben könne. Sie machte sich wenig Gedanken darüber, daß dem Kind etwas zustoßen könnte, sondern dachte in selbstsüchtiger Weise nur an sich und an die Unannehmlichkeiten, die ihr daraus entstehen würden. Dabei fiel ihr nicht einmal ein, daß sie als Nächstliegendes an den Bahnhofsvorstand der Umsteigestation telefonieren könnte, um sich zu erkundigen, ob man Wilhelma dort gesehen habe. Nein, sie dachte an gar nichts, sondern hatte nur Angst, elende, feige Angst.

Mit zitternden Knien betrat sie in Fichtenau das Hotel Rosenhain. Was würden nur Herr und Frau Bleubert sagen? Letztere traf sie auf der Treppe.

»Ach, Fräulein Entermann, Sie sind schon da? Wir hatten Sie erst morgen zurückerwartet.«

»Gewiß, gnädige Frau, – aber – ich – fand es besser, schon heute zurückzukehren. Die ganze Art und Weise dieser Leute in dem kleinen Gebirgsdorf, – kein bißchen Bildung –.«

Sie suchte angstvoll nach Worten und hätte noch eine Weile so weitergestottert, wenn Frau Bleubert sie nicht unterbrochen hätte. »Ja, – und Helma, ist sie etwa noch dort geblieben?«

»Nein, gnädige Frau.« Fräulein Entermann verfärbte sich.

»Lassen Sie diese Anrede. Aber wo ist denn Helmchen?«

»Frau Bleubert, es tut mir unendlich leid.«

»Um Gottes willen, Sie jagen mir einen Schreck ein! Ist etwas passiert?«

»Passiert nicht, – aber, – ich – weiß nicht, wo Wilhelma geblieben ist.«

»Fräulein Entermann, was bedeutet das?« Frau Bleubert mußte sich am Treppengeländer festhalten. Eine Schwäche wollte über sie kommen. Und nun erzählte die Erzieherin zitternd vor Angst und Aufregung den Hergang der Sache. Sie stellte es aber so hin, daß Wilhelmas Trotz und Ungehorsam unbedingt im Vordergrund standen. Sie glaubte wohl, dadurch ihre eigene Schuld abschwächen zu können.

Noch während sie sprach, öffnete Herr Bleubert die Türe seines Büros. »Ich möchte nur wissen, was die Gäste denken sollen, wenn ihr abends um zehn Uhr mit einer mir unbegreiflichen Ausdauer auf der Treppe eine so laute Unterhaltung pflegt«, sagte er.

Dann schien er zu bemerken, daß seine Frau sich nur mühsam aufrecht hielt.

»Was ist denn mit dir, Margarete? Fühlst du dich nicht wohl? Du bist ja schneeweiß.«

Frau Bleubert und Fräulein Entermann traten in das Büro. Mit fliegendem Atem, die Tränen mühsam zurückdrängend, berichtete Frau Bleubert. »Wilhelm, Helma ist verschwunden!«

Herr Bleubert nahm die Sache gar nicht ernst. »Ach was, die wird in ihrem Zimmer sein oder wieder in der Garage, wie früher schon einmal. Sie wird schon wieder zum Vorschein kommen.«

Da mischte sich zitternd Fräulein Entermann ein. »Herr Bleubert, es ist diesmal doch wohl etwas anders.« Und sie berichtete noch einmal die Geschichte des Nachmittags. Noch während sie redete, zeigte sich die Zornesader auf der Stirn von Herrn Bleubert. »Das ist aber doch stark! Hört denn der Ärger mit diesem Mädchen gar nicht auf?« Plötzlich aber schien er sich darauf zu besinnen, daß er ja extra eine Erzieherin angestellt hatte, damit sich derartige unliebsame Zwischenfälle nicht wiederholten, und er schrie Fräulein Entermann an, daß sie zusammenfuhr: »Ja, und wozu sind Sie denn da? Glauben Sie etwa, daß ich mir so einfach von Ihnen erzählen lasse, daß Sie meine Tochter unterwegs verloren haben, wie man einen Handschuh verliert?«

»Herr Bleubert!«

»Gar nichts! Ich frage Sie, was haben Sie unternommen, um herauszufinden, wo das Mädchen ist?«

»Ich, ich –, ich wollte –«

»Was Sie wollten, ist mir ganz gleichgültig. Ich will wissen, was Sie getan haben, nicht, was Sie tun wollten!«

»Ich will ja auch gerne...«

Herr Bleubert war so erregt, daß er sie gar nicht ausreden ließ. »Ihre Vorschläge, was Sie in Zukunft zu tun gedenken, können Sie sich sparen, Sie sind mir eine schöne Erzieherin!«

Frau Bleubert mischte sich jetzt in das Gespräch: »Wilhelm, tu mir den Gefallen und frage sofort telefonisch bei Hans an, ehe noch mehr Zeit vergeht. Es ist doch anzunehmen, daß Wilhelma wieder zurückgefahren ist.«

»Selbstverständlich ist sie dort. Wo soll sie sich sonst herumtreiben? Die hat eben ihren Kopf durchsetzen wollen und ist dieser pflichtgetreuen jungen Dame, die extra zur Aufsicht für das Mädel angestellt wurde, ausgerückt.« Herr Bleubert war sehr ärgerlich. Unwillig nahm er den Hörer vom Telefon und rief das Fernamt an.

Es dauerte nicht lange, bis sich Waldhausen meldete. Dann mußte aber erst jemand von der Post den Berg hinauf zu Hans Sprüngel geschickt werden, um ihn zu holen. Zum Glück war die Hochzeitsgesellschaft noch nicht zu Bett gegangen, aber es dauerte immerhin reichlich über eine Stunde, bis Hans sich am Telefon meldete. Er war in nicht geringer Unruhe, daß man ihn kurz vor Mitternacht noch anrief.

»Hier Hans Sprüngel.«

»Hier Hotel Rosenhain, Fichtenau, Bleubert. – Sag mal, Hans, ist Wilhelma bei euch?«

»Das Helmchen? Nein! Das ist doch um fünf Uhr mit der Entermann abgereist.«

»Ja, Fräulein Entermann ist hier angekommen, Wilhelma ist unterwegs verschwunden!«

»Gott im Himmel!« schrie es auf der andern Seite. »Daran ist nur dieses Frauenzimmer schuld, das hat sie hier schon so niederträchtig behandelt!«

Frau Bleubert, die mit gespannter Aufmerksamkeit dem Gespräch zu folgen suchte, war auf den nächsten Stuhl gesunken und hatte das Gesicht mit den Händen bedeckt. Jetzt wurde auch Herr Bleubert ängstlich und aufgeregt.

»Hans, wir müssen natürlich alles in Bewegung setzen, um Helma zu finden.«

Mit fester Stimme kam die Antwort zurück: »Es versteht sich ganz von selbst, daß wir uns alle, die ganze Hochzeitsgesellschaft, auf die Suche machen. Sie können damit rechnen, daß wir unser allermöglichstes tun werden.«

Herr Bleubert legte den Hörer auf die Gabel. Nun war auch er blaß. »Sie ist nicht dort!«

»Herr Bleubert!« – Fräulein Entermann versuchte eine Träne aus dem Auge zu pressen und seufzte, als drücke ihr die Nachricht das Herz ab.

Herr Bleubert aber fuhr sie an: »Sie können sofort Ihre Koffer packen und das Haus verlassen! Aber nein, das wäre ja Torheit, Sie bleiben natürlich, bis sich dieser rätselhafte Fall geklärt hat.«

Jetzt fing Fräulein Entermann wirklich an zu schluchzen.

Herr Bleubert aber rief noch den Bahnhofsvorsteher der Umsteigestation an, wo Fräulein Entermann Wilhelma zuletzt gesehen hatte. Von dort kam die Nachricht, daß man sich an ein Mädchen erinnere, das gegen sechs Uhr oder etwas später eine Fahrkarte nach Waldhausen gelöst habe. Weitere Aussagen könne man nicht machen.

»Du mußt es der Polizei melden«, sagte Frau Bleubert, die sich kaum noch auf den Füßen halten konnte, so nahm sie die ganze Sache mit.

»Solch ein Skandal in meinem Hause, und das jetzt, wo die Saison beginnt«, schimpfte Herr Bleubert. Aber er rief doch sofort die Polizei an. Jetzt war die Angst um sein einziges Kind auch mit Macht über ihn gekommen.

Die Polizei wollte eine Menge Fragen beantwortet haben: Wie war das Kind gekleidet? Hatte es Geld bei sich? Was waren seine letzten Äußerungen? Sind irgendwelche Verdachtsmomente beobachtet worden?

Fräulein Entermann, die zuletzt mit dem verschwundenen Mädchen zusammengewesen war, gab mit zitternder Stimme Auskunft.

Frau Bleubert aber bekam plötzlich einen Schüttelfrost. Sie hatte sich bisher krampfhaft bemüht, tapfer zu sein, aber nun versagten ihr schließlich doch die Kräfte.

Um Gottes willen, wo irrte das Mädchen jetzt um Mitternacht umher? Oder sollte es gar schlechten Menschen in die Hände gefallen sein? Am liebsten hätte die Mutter in ihrer Angst den Namen ihres Kindes in die Nacht hinausgeschrien, aber das war ja zwecklos. O Helma! Helmchen, liebes böses Kind, was machst du uns für Sorgen!

Eines der herbeigerufenen Hausmädchen brachte die vollständig erschöpfte Frau zu Bett. Fräulein Entermann schlich in ihr Zimmer. Die Sache war höchst fatal.

Herr Bleubert aber ging während der ganzen Nacht erregt in seinem Büro auf und ab und wartete auf einen telefonischen Anruf der Polizei oder von Hans Sprüngel. Aber er wartete vergebens. Die Hochzeitsfeier hatte natürlich ein plötzliches Ende gefunden, als Hans die Nachricht von dem unerklärlichen Verschwinden Wilhelmas brachte. Es war ganz selbstverständlich, daß sie alle aufbrachen, um das Kind zu suchen. Mit Stallaternen zogen sie nach den verschiedensten Richtungen aus. Aber alle kehrten gegen Morgen unverrichteterdinge zurück. Niemand hatte auch nur eine Spur von der Verschwundenen entdeckt. Wo war Wilhelma?

Diese war rechtzeitig von ihrem Spaziergang in das Städtchen zurückgekehrt und hatte den Zug nach Waldhausen bestiegen. Es begann schon dunkel zu werden. Als sie nach einer Stunde den Zug verließ, da war die Dunkelheit vollkommen hereingebrochen. Es war ihr nun doch ein wenig unheimlich zumute, als sie allein auf dem fremden Bahnhof stand. Die paar Leute, die mit ihr den Zug verlassen hatten, waren alle sehr rasch verschwunden. Nun mußte sie noch eine Stunde den Berg hinaufsteigen. Plötzlich kam ein Angstgefühl über sie. Dazu fing sie an zu frieren. Sie zog ihren Mantel an und verließ eilig den Bahnhof. Nun durfte sie nicht etwa zaghaft werden. Sie selbst hatte sich dieses Abenteuer ausgedacht. Jetzt mußte sie es auch durchführen. Also nun dort links drüben, an der Bahnhofswirtschaft vorbei, da führte der Weg hinauf.

Gegen Abend hatte sich der Himmel bewölkt und ein feiner, rieselnder Regen hatte eingesetzt. Hu, wie ungemütlich! Na, jetzt nur drauflos!

Ob Fräulein Entermann wohl schon zu Hause war? Und was würden die Eltern sagen? Hans Sprüngel mußte gleich nachher telefonieren, damit die Mutter sich nicht ängstigte. Ach wäre sie nur erst droben bei ihm. Der Weg kam ihr jetzt bei Dunkelheit viel länger und beschwerlicher vor, dazu spürte sie, daß der Regen ihren dünnen Mantel durchdrang. Doch jetzt gab es kein Zögern, sie mußte weiter! Aber was war denn das? Der Weg führte plötzlich wieder abwärts, das war doch gestern ganz anders gewesen, als sie vom Bahnhof aus hinaufgestiegen war. Sie blieb erschrocken stehen und sah sich um. Und jetzt erst entdeckte sie, daß sie sich in einer ihr ganz fremden Gegend befand. Etwa hundert Schritte vor ihr erhob sich ein mächtiger Wald, dessen undurchdringliche Dunkelheit zu dieser späten Stunde, besonders jetzt in Sturm und Regen, unheimlich wirkte.

Um Gottes willen! Wo bin ich nur? fragte sie sich. Sie begann vor Kälte und Angst zu zittern. Wie kommt es nur, daß alles so anders aussieht? Und plötzlich wurde es ihr klar, daß sie sich verlaufen haben müsse. Nun stellte sich Wilhelma keineswegs hin und weinte hilflos in die Nacht hinein wie ein kleines Kind. O nein, sie bemühte sich, tapfer zu sein und die Angst, die mit Macht über sie kommen wollte, zu überwinden. Sie mußte jetzt einfach den Weg zum Bahnhof zurückgehen und sich dort nach dem richtigen Weg erkundigen.

Ach, wenn es nur nicht so dunkel gewesen wäre, und wenn es nicht so toll regnen und stürmen würde! Wie lange würde sie zurück bis zum Bahnhof brauchen – wie spät würde es werden, bis sie bei Hans Sprüngel ankam? Schließlich mußte sie mitten in der Nacht allein den Berg hinaufsteigen? – Oh, es war doch nicht so einfach!

Jetzt aber nur schnell zum Bahnhof zurück. Mit fliegendem Atem eilte sie dahin. O weh, hier kreuzten sich zwei Wege, das hatte sie vorhin anscheinend gar nicht beachtet. Mußte sie nun den linken oder den rechten Weg gehen? Einen Augenblick hielt sie inne, dann war es ihr, als ob der Bahnhof links liegen müsse. So lief sie weiter, ihr Herz klopfte rasend, die Angst trieb sie vorwärts. Um alles in der Welt, war denn der Bahnhof noch immer nicht zu sehen? Der Weg war ihr vorhin viel kürzer erschienen. War denn kein Mensch in der Nähe, den sie hätte fragen können? Wilhelma blieb stehen und blickte ratlos umher.

Sie hatte offenbar wieder einen verkehrten Weg eingeschlagen, denn kein Bahnhof war zu sehen, dagegen Wiesen und Felder rechts und links. Dort drüben war wieder ein dunkler Wald und in weiter Ferne anscheinend ein paar Häuser, aus denen matter Lichtschein zu ihr drang. – Oh, was sollte sie nur tun? – Wieder zurück?

Aber ob sie in dieser undurchdringlichen Dunkelheit den Weg zum Bahnhof Waldhausen überhaupt noch fand? – Halt! – Dort rechts, etwa dreihundert Meter weit, schien ein Haus zu stehen. Ein schwaches Licht leuchtete zu ihr herüber. Sie mußte die Bewohner des Hauses bitten, ihr behilflich zu sein, den Bahnhof zu finden. Ganz in der Ferne hörte sie eine Kirchenuhr schlagen. Sie zählte … fünf, sechs, sieben, acht, neun, zehn. Oh, schon zehn Uhr! Wenn sie nur in dem Haus jemand traf, der ihr zurechthalf!

Ganz leise stieg in ihr der Gedanke auf, ob es nicht doch besser gewesen wäre, wenn sie mit Fräulein Entermann nach Hause gefahren wäre, aber jetzt war keine Zeit mehr zum langen Besinnen, schnell, schnell zu dem Häuschen dort drüben. Wieder lief sie los. Aber aufs neue erwartete sie eine Enttäuschung. Es war gar kein Haus, sondern nur eine Baustelle, an der tagsüber gearbeitet wurde. Um zu verhüten, daß ein Vorübergehender nachts in die Baugrube stürzte, hatte man der Vorschrift entsprechend eine brennende Laterne angebracht.

Da stand Wilhelma ganz mut- und ratlos. Und nun konnte sie sich nicht länger beherrschen. Bei ihrem aufgeregten Hin- und Herlaufen hatte sie sich jedenfalls immer mehr vom Bahnhof entfernt, so daß sie jetzt überhaupt keine Ahnung mehr von der Gegend hatte, in der sie sich befand.

Weit und breit war kein Haus mehr zu sehen, außer ein paar Lichtern ganz in der Ferne, die auf menschliche Behausungen schließen ließen. Der Wind fegte über die Felder und peitschte Wilhelma den Regen ins Gesicht. Ihr Mantel war durchnäßt, ebenso die leichten Halbschuhe und Strümpfe. Und nun schluchzte sie los, und ihre Tränen vermischten sich mit den Regentropfen, die ihr über die Wangen liefen. So hilflos war sich Wilhelma noch nie im Leben vorgekommen.

»Oh, oh, warum bin ich nicht mit nach Hause gefahren?« schluchzte sie herzzerbrechend. »Wo soll ich jetzt nur hin? Oh, Hans Sprüngel, wenn du wüßtest, wie es mir geht.« Es blieb ihr gar nichts anderes übrig, als in der Richtung, in der aus weiter Ferne die Lichter auftauchten, weiterzugehen. Irgendwo mußten doch Menschen wohnen. Jetzt erst spürte sie, wie müde sie war, die Beine wollten sie kaum noch tragen, sie knickte bei jedem Schritt ein, aber sie schleppte sich weiter, Schritt für

Schritt. Jetzt goß es in Strömen. Der Regen lief ihr den Nacken hinunter. Sie war bald durch und durch naß. Oh, wie unheimlich kam ihr das Rauschen der großen Bäume des Waldes im Wind vor. Nie hatte sie bisher gedacht, daß ihr der Wald einmal eine solche Angst einflößen könnte. – O Gott im Himmel – dort bewegt sich doch etwas – eine Gestalt? – Sie kam auf sie zu! »Mutti, Mutti!« schrie Wilhelma in fürchterlicher Angst und preßte die Hände vors Gesicht. Aber es kam nichts, es war nur ein Strauch gewesen, der sich im Winde bewegt hatte.

Es dauerte eine ganze Weile, bis sich Helma soweit beruhigt hatte, daß sie weitergehen konnte. Jetzt mußte sie eine ganze Strecke am Waldesrand entlanggehen. Einmal stieß sie mit der Stirne an einen Ast. Das erinnerte sie an das Erlebnis mit Fräulein Entermann, wobei diese sich auch eine Beule zugezogen hatte. Aber diesmal reizte die Erinnerung sie gar nicht zum Lachen. Oh, wäre sie nur zu Hause im Rosenhain. Wie behaglich läge sie jetzt in ihrem kleinen Zimmer im warmen Bett. Und wenn die Mutter auch nur wenig Zeit hatte, sie kam doch immer noch schnell für einen Augenblick an ihr Bett, sprach noch ein paar liebe Worte und gab ihr den Gutenachtkuß. – O Mutter, und jetzt stehe ich hier einsam und verlassen in Nacht und Regen und weiß nicht einmal, wo ich mich befinde! Hu, wie schaurig heult der Wind und treibt Wolkenfetzen über den Himmel, so daß weder Mond noch Sterne zu sehen sind. Kein noch so kleines Licht beleuchtet dem weinenden, umherirrenden Kind den Weg, es stolpert und fällt hin, es rafft sich wieder auf und taumelt weiter, die Kleider tropfen, aus den Schuhen quillt das Wasser, irgendwo schreit ein Käuzchen von einem Baum herunter in die Nacht. Will es das verirrte Kind gar noch verhöhnen? Wilhelma hat ihren Hut verloren, das Haar trieft buchstäblich, sie hastet über die dunkle Straße, schluchzend, verzweifelt, angstgepeinigt.

»Mutti! Mutti! Oh, wäre ich zu Hause!«

Polizeilich gesucht

Aus der Villa des Fabrikbesitzers Zimmermann leuchtete noch ein Licht. Silvia Zimmermann, die einzige Tochter, lag auf einem Ruhebett in ihrem reizenden Zimmer und las in einem Buch. Nebenan schlug eine Uhr zwölf Schläge. Mitternacht! Da öffnete sich die Türe, und ein hochgewachsener junger Mann von etwa achtzehn Jahren betrat das Zimmer seiner Schwester.

»Was, Klaus, du bist noch auf?« fragte diese. »Das sollte Mama wissen.«

»Und du, Silvia, solltest du nicht auch schon längst schlafen?«

»Das ist bei mir doch etwas anderes, Klaus. Du weißt, mich lassen die Schmerzen oft nicht schlafen.«

»Und mich die Schularbeiten. Aber höre, Silvia, wie wär's, wenn wir uns auf deinem kleinen elektrischen Kocher noch eine Tasse Kakao kochen würden? Ich nehme an, daß dort drüben in der bunten Büchse auch noch etwas Gebäck zu finden ist.«

»O du Vielfraß!« erwiderte die Schwester lachend, steckte aber zugleich den Stecker des Kochers in die Steckdose.

Klaus brachte inzwischen Kakao, Milch, Zucker und Gebäck herzu. Dann deckte er ein rundes Tischchen und stellte es neben das Ruhebett seiner Schwester. Bald war das Zimmer erfüllt vom Duft des wohlschmeckenden Getränkes, und die beiden Geschwister verlebten noch eine gemütliche halbe Stunde miteinander.

Silvia Zimmermann war seit Jahren leidend. Durch eine Nervenlähmung war sie seit ihrem achtzehnten Lebensjahr nicht mehr fähig, ihre Füße zu gebrauchen. Obgleich sie durch diese Krankheit vieles entbehren mußte und ständig ans Haus oder an den Rollstuhl gebunden war, besaß sie doch ein frohes Gemüt und verstand es meisterhaft, sich zu beherrschen, so daß man eigentlich gar nicht das Empfinden hatte, eine Kranke vor sich zu haben. Sie war sehr zart und wirkte mit ihren dreiundzwanzig Jahren wie eine Achtzehnjährige. Jeder im Hause liebte und verehrte sie ihres sonnigen Wesens wegen. Den Eltern bereitete die Krankheit ihrer Tochter großen Schmerz. Sie hatten die berühmtesten Ärzte zugezogen, aber bisher war alles vergebens gewesen. Auch die Reisen in die verschiedensten Kurorte und Bäder des In- und Auslandes hatten keinen Erfolg gebracht. Niemand aber hörte Silvia klagen. Mit bewunderungswürdiger Geduld trug sie ihr Leiden, das sie vollständig abhängig von der Hilfe anderer machte. Die Eltern hatten extra eine Pflegerin für sie genommen. Schwester Dora, die selbst in Silvias Alter war, liebte ihre Patientin sehr und wetteiferte mit den andern, ihr soweit wie möglich das Leiden erträglich zu gestalten.

Ein inniges Verhältnis bestand zwischen Silvia und ihrem jüngsten Bruder Klaus. Dieser hatte sich damals, als die heimtückische Krankheit seiner Schwester begann, entschlossen, Arzt zu werden. »Vielleicht kann ich ihr doch einmal helfen«, hatte er damals gesagt. Jetzt dachte er als Achtzehnjähriger mit weit größerem Ernst an die Ausübung eines solchen Berufes, aber er war seinem Entschluß treu geblieben und bereitete sich auf sein Studium vor. Im großen ganzen war er ein lebensfroher Mensch, voller Übermut und Neigung zum Ausüben von allerlei Streichen. Helmut, sein älterer Bruder, war schon als Jüngling viel ernster und gesetzter gewesen. Jetzt aber stand er auf verantwortungsvollem Posten in der Papierfabrik seines Vaters, die er einmal übernehmen sollte. Auch er liebte seine kranke Schwester sehr. Klaus und Silvia jedoch waren unzertrennliche Gefährten.

Heute hatte Klaus bis in die Nacht über seinen Büchern gesessen. Zu Ostern wollte er seine Reifeprüfung machen. Da gab es noch tüchtig zu lernen. Silvia lag oft stundenlang schlaflos während der Nacht. Daher zog sie es vor, erst spät zur Ruhe zu gehen. Sie hatte auch heute Schwester Dora frühzeitig zu Bett geschickt. Wenn sie schlafen gehen wollte, würde sie klingeln. Schwester Doras Zimmer lag neben dem ihren.

Das Plauderstündchen mit Klaus hatte Silvia angeregt. Sie hätte die ganze Nacht aufbleiben mögen. Aber um des Bruders willen mußte sie vernünftig sein.

»Klaus, jetzt ist es aber wirklich Zeit für dich, morgen mußt du wieder frühzeitig zur Schule. Nun sei so gut und öffne noch einmal beide Fenster, damit der Kakaoduft verschwindet. Nachher kannst du mich hinüber in mein Bett tragen, dann brauche ich die arme Dora nicht mehr zu wecken. Entkleiden kann ich mich dann schon allein.«

Klaus stand am offenen Fenster und schaute hinaus in den Regen. »Das ist ein Wetter«, sagte er. »Puh, da ist man froh über das warme Nest. – Aber um Gottes willen, Silvia - da kommt jemand, – bei dem Wetter, – zu dieser Stunde! – Still! Etwa ein Einbrecher? – Oder ein Betrunkener? – Er wankt! – Gott im Himmel, Silvia, – das ist ja ein Kind! Jetzt schaut es zu uns herauf, streckt die Hände empor! – Hallo, hallo!« In gedämpftem Ton rief er es hinunter. »Hallo, wo willst du denn hin? – Silvia, um Gottes willen, es fällt um!«

Mit Erstaunen und nicht ohne Erregung hatte Silvia auf die Äußerungen des Bruders gehört. O wie gerne wäre auch sie jetzt an das Fenster getreten oder mit ihm hinuntergeeilt. Was sagte er, es ist ein Kind? – Jetzt, nachts um ein Uhr! Was bedeutet das? Es dünkte sie unendlich lang, bis Klaus zurückkam. Wie schwerfällig waren seine Schritte, so, als ob er nur mühsam die Treppe heraufkäme, als ob er eine schwere Last trüge. Sie hörte ihn direkt keuchen. Jetzt trat er ein. – Silvia stieß einen leichten Schrei aus. – »Klaus, wen bringst du mir?«

Wortlos legte der Bruder die Last auf ihr Bett. Ein Mädchen, totenblaß, mit geschlossenen Augen, die Kleider durchnäßt, schmutzig. – Wilhelma!

»Sie ist ohnmächtig«, sagte Klaus und beugte sich mit besorgtem Blick über sie. »Wer mag das sein? Aus unserer Gegend ist sie nicht, sonst würde ich sie kennen.«

»Das arme, arme Kind!« Silvia hatte es noch nie so schmerzlich empfunden, daß sie sich nicht allein bewegen konnte, wie jetzt, wo sie sich so gerne um dieses unbekannte Kind gekümmert hätte. »Wir müssen Dora wecken«, sagte sie und drückte auf die elektrische Klingel. Gleich darauf trat die Pflegerin ein. Sie hatte einen Morgenrock übergeworfen, um Silvia nicht so lange warten zu lassen.

»Du möchtest zu Bett gehen, Silvia«, sagte sie.

Diese deutete wortlos hinüber nach ihrem Bett, auf dem das Kind lag.

»Um Gottes willen«, entfuhr es Schwester Dora, »was bedeutet das?«

In kurzen Worten und gedämpftem Ton teilte ihr Klaus das Erlebnis mit. Dora beugte sich nun ebenfalls über das ohnmächtige Mädchen.

»Wir müssen alles versuchen, um ihr zu helfen«, sagte Silvia. »Komm, Klaus, trage mich hinüber in den Sessel und schiebe diesen ganz nahe an das Bett, damit ich, wenn möglich, auch etwas tun kann.«

»Vor allen Dingen müssen wir ihr die nassen Kleider ausziehen«, bestimmte Dora. »Klaus, Sie können inzwischen eine Tasse Fliedertee kochen, damit sie zum Schwitzen kommt.«

Dora entkleidete die Ohnmächtige und zog ihr eines von Silvias Nachthemden an.

»Den Kleidern und der Wäsche nach muß sie aus gutem Hause sein«, stellte Silvia fest. »Aber wie in aller Welt kommt sie um diese Zeit hierher?«

Es dauerte lange, bis Wilhelma die Augen aufschlug und erstaunt um sich blickte.

»Mutti«, flüsterte sie kaum hörbar, und dann fragte sie: »Wo bin ich denn?«

Schwester Dora aber war schon mit dem Fliedertee bei der Hand. Behutsam löffelte sie ihr das heiße Getränk ein. Als Klaus, der sich bis dahin im Hintergrund des Zimmers aufgehalten hatte, nun näher trat, um sie nach Namen und Herkunft zu fragen, brach das erregte und erschöpfte Kind in bitterliches Weinen aus, so daß Klaus sich gleich wieder zurückzog.

Silvia faßte beruhigend die Hand des Kindes. »Komm, sei ganz still, du brauchst uns vorerst gar nichts zu sagen, du sollst dich vor allem andern einmal gründlich ausruhen.«

»Ja, schlafen, – schlafen«, flüsterte das Kind, als könne es damit all dem Schweren, das es in den letzten Stunden erlebt hatte, entrinnen.

Dora hüllte Wilhelma behutsam ein und deckte sie mit

Silvias Daunenbett warm zu. »Schlafe, kleines Mädchen, schlafe getrost.«

Und ehe noch ein weiteres Wort gesprochen wurde, war Wilhelma eingeschlummert.

»Und wo schläfst du diese Nacht?« fragte Dora und sah Silvia an. »Ich denke, ich lege dich hinüber in mein Zimmer.«

»Nein, nein«, wehrte diese, »mache mir alles hier auf dem Ruhebett zurecht, ich will in der Nähe unseres Findlings bleiben.«

In den wenigen Stunden bis zum Morgen fand Silvia aber keinen Schlaf mehr. Sie mußte immer wieder auf die Atemzüge des Kindes lauschen. Wo mochte es umhergeirrt sein, ehe es ihnen zuflog?

Im Rosenhain hatte man natürlich in dieser Nacht auch nicht schlafen können. – Die Gäste wohl, – die ahnten ja nichts von der Sorge, die über Bleuberts gekommen war. Der Grundsatz des Hauses, den Fremden alles Unangenehme fernzuhalten, wurde natürlich auch in dieser Angelegenheit befolgt.

Während der ganzen Nacht hatte Herr Bleubert vergebens auf einen Telefonanruf von der Polizei oder Hans Sprüngel gewartet. Wilhelma schien also noch nicht gefunden worden zu sein. Frau Bleubert fand keine Ruhe im Bett. Obgleich sie sich furchtbar elend fühlte, war sie doch wieder hinüber zu ihrem Mann gegangen, um mit ihm die erste Nachricht über Wilhelma entgegennehmen zu können. Es wurde heller, das Zwitschern der Vögel in den Bäumen des Parkes kündete das Nahen des frühen Morgens an. Die Sonne ging strahlend auf und hüllte mit ihrer Wärme all die lieblichen kleinen Frühlingsblumen mütterlich sorgend ein. Auch im Hotel begann der Tageslauf. Es waren immerhin schon einige Gäste da, für deren Versorgung Vorbereitungen getroffen werden mußten. Alles ging seinen gewohnten Gang. Und doch war es so ganz, ganz anders als sonst. Frau Bleubert vernahm weder das Singen der Vögel, noch empfand sie die Wärme der Sonne. Wie konnte man je wieder froh werden, wenn das Kind nicht gefunden wurde!

»Du mußt es durch den Rundfunk bekanntmachen lassen«, sagte Frau Bleubert, die wie ein Häufchen Elend im Schreibtischstuhl ihres Mannes kauerte. Herr Bleubert rief noch einmal bei der Polizei an. »Wir haben noch keinerlei Nachricht«, war die Antwort. »Aber wollen Sie es nicht durch den Rundfunk versuchen?«

»Ja, wir haben selbst schon daran gedacht, es muß alles getan werden, damit das Kind gefunden wird.«

In der Villa Zimmermann saß man am Morgen um neun Uhr gemeinsam beim Frühstück. Der Fabrikant und sein ältester Sohn hatten um diese Zeit schon zwei Stunden Arbeit hinter sich, denn pünktlich um sieben Uhr, wenn die Arbeiter an die Maschinen traten, waren auch sie auf ihrem Platz. Zum Frühstück aber kamen, wenn möglich, alle Familienmitglieder im Speisezimmer zusammen. Das tat man schon um Silvias willen. Klaus war allerdings um diese Zeit in der Schule. Heute war am Familientisch ein Thema vorherrschend: Das fremde Mädchen! Silvia hatte das nächtliche Erlebnis soeben geschildert.

»Und nun schläft das arme Kind immer noch?« fragte Frau Zimmermann, die in ihrer lebhaften Art am liebsten gleich aufgesprungen wäre, um nach dem Findling zu schauen.

»Man muß es natürlich sofort der Polizei telefonisch melden«, bestimmte der Hausherr. Silvia war dafür, daß man erst das Erwachen des Kindes abwarten solle, damit man mit ihm selber reden könne, ehe man weitere Schritte unternehme.

Um diese Zeit wurden täglich die neuesten Nachrichten durch den Rundfunk bekanntgegeben. Helmut, der älteste Sohn, war aufgestanden, um das Radio einzustellen. Nachdem die amtlichen Meldungen beendet waren, kam folgende Bekanntmachung:

»Durchgabe der Polizei: Die Tochter des Hotelbesitzers Wilhelm Bleubert, Hotel Rosenhain in Fichtenau, ist seit gestern abend verschwunden. Das Kind, Wilhelma, dreizehn Jahre alt, wurde zuletzt auf dem Bahnhof in Waldhausen gesehen. Wilhelma Bleubert ist für ihr Alter ein großes, schlankes Mädchen mit braunen Haaren und dunklen Augen. Erkennungszeichen: Kleine Narbe am linken Ohr. Bekleidet war sie mit einem weißen, bestickten Kleid, schwarzen Halbschuhen, langen Strümpfen und einem hellgrauen Sommermantel. Zweckdienliche Angaben sind zu richten an die nächste Polizeidienststelle oder direkt an die Eltern.«

Noch während der Bekanntgabe rief Silvia aus: »Sie ist's, sie ist's!«

Nun wurden alle von einer geheimnisvollen Erregung erfaßt und versuchten in allen möglichen Vermutungen die Zusammenhänge zu erraten.

»Ich will doch gleich einmal nach dem Kind sehen«, sagte Schwester Dora und stand auf.

Auch Herr Zimmermann erhob sich. »Ich will sofort

ein Ferngespräch nach Fichtenau anmelden, die Eltern sind gewiß in großer Sorge.«

Schwester Dora kam nach wenigen Augenblicken zurück. »Sie ist wach, aber sie gibt mir keine Antwort, sie weint nur leise vor sich hin.«

Silvia war ganz aufgeregt. »Das arme Kind! Komm, Dora, fahre mich gleich hinauf, ich will versuchen, mit ihm zu reden.«

Dora lenkte den leichten Rollstuhl durch den Vorplatz und fuhr mit dem extra für Silvia ins Haus eingebauten Fahrstuhl hinauf in das obere Stockwerk, wo ihr Zimmer lag. Und dann saß die Kranke den ganzen Vormittag am Bett des Kindes und versuchte die rätselhafte Geschichte zu ergründen. Aber es war schwer, ein klares Bild zu bekommen. Das verängstigte Mädchen antwortete kaum hörbar auf die verschiedenen Fragen. Eines aber erkannte die zartfühlende Silvia schon nach den ersten Worten. Hier war ein Kind mit einem weichen, empfindsamen Herzen, das einen Menschen brauchte, der sich bemühte, es zu verstehen und ihm zu helfen.

Im Rosenhain atmete man natürlich auf, als die Nachricht kam, daß Wilhelma gefunden sei. Herr Bleubert ließ sich selbst am Nachmittag im Auto nach Obersteinheim, wo sich die Papierfabrik des Herrn Zimmermann befand, fahren, um seine Tochter abzuholen.

Wilhelma, deren Kleider wieder getrocknet und gebügelt waren, erschrak, als sie ihren Vater sah, derart, daß sie ganz blaß wurde.

»Nur Mut, kleine Freundin«, flüsterte Silvia Zimmermann ihr ermutigend zu, »es wird schon alles wieder recht werden.«

Da sah sie das Mädchen mit einem langen Blick an, den

sie glaubte nie vergessen zu können, und Silvia wußte in diesem Augenblick, daß sie eine Aufgabe an diesem Kind zu erfüllen habe.

Wilhelma aber wurde plötzlich trotz aller Angst vor der Auseinandersetzung mit dem Vater von einem großen Glücksgefühl erfaßt. ›Kleine Freundin hatte sie zu mir gesagt, kleine Freundin. Ach, könnte ich bei ihr bleiben.‹

Herr Bleubert war nicht zu bewegen, sich im Hause des Fabrikanten länger als nötig aufzuhalten. Er ließ sich erzählen, wie Wilhelma hierhergekommen sei, bedankte sich höflich und fuhr mit seiner Tochter zurück. Unterwegs sprach er kaum ein Wort mit Wilhelma, aber er hüllte sie fürsorglich in eine warme Decke ein. Es war ihm aber nicht möglich, darüber zu sprechen, daß er sehr froh war, daß die ganze unangenehme Sache sich auf diese Weise geklärt hatte und das Kind wieder da war.

In Rosenhain stand Frau Bleubert schon wartend vor dem Portal. Mit Tränen in den Augen schloß sie Wilhelma in die Arme. »O du liebes, böses Kind, wie kannst du deiner Mutter solchen Kummer bereiten!«

Dann folgte eine Unterredung in Gegenwart von Fräulein Entermann, die sehr kleinlaut und ängstlich war. Ob sie ahnte, daß Hans Sprüngel, der mit seiner jungen Frau inzwischen zurückgekehrt war, seinem Herrn ganz unverblümt seine Meinung über sie gesagt und auch verschiedenes verraten hatte, was Herr Bleubert nicht wissen sollte? Das Resultat der Unterredung war, daß Fräulein Entermann noch an demselben Tag das Haus verlassen mußte. Dann waren die Eltern mit Wilhelma allein.

»Du hast uns große Sorgen bereitet«, sagte der Vater in strengem Ton, »ich will manches damit entschuldigen, daß wir nicht die richtige Wahl getroffen hatten, als wir Fräulein Entermann als deine Erzieherin einstellten. Ein zweites Mal kommen wir nicht wieder in die Verlegenheit, uns so zu blamieren. Ich stelle kein Fräulein mehr an. Du bleibst jetzt noch einige Jahre zu Hause, bis du aus der Schule kommst. Dann wirst du zur weiteren Ausbildung, besonders in fremden Sprachen, in ein Pensionat im Ausland geschickt. Du weißt ja, daß du einmal später unser Hotel zu übernehmen hast.«

Wilhelma fühlte, wie ihr das Blut in die Wangen und die Tränen in die Augen traten. Oh, hätte der Vater nur das nicht gesagt! Er aber fuhr fort: »Merke dir jedoch eines: Bereitest du uns jetzt nur noch die geringsten Unannehmlichkeiten und habe ich noch weitere Scherereien mit dir, dann kommst du unwiderruflich in eine strenge Erziehungsanstalt. Es ist mir ganz gleichgültig, wenn es dann heißt: Die einzige Tochter von Herrn Bleubert im Rosenhain mußte in Zwangserziehung gebracht werden, weil sie sonst nicht zu erziehen war. – So, nun weißt du Bescheid!«

Etwas später suchte ein unglückliches Mädchen wieder einmal Zuflucht im Wald. Lang ausgestreckt lag Wilhelma im Moos auf ihrem Lieblingsplätzchen, den Kopf in die Arme vergraben. – Ach, wie trostlos sah die Zukunft aus, entweder Auslandspensionat oder Erziehungsanstalt. Ihrer Meinung nach war eines so entsetzlich wie das andere. Wie einsam kam sie sich vor, und wie groß war die Sehnsucht nach einem Menschen, der wieder gesagt hätte: »Nur Mut, kleine Freundin!«

Wilhelma findet eine Freundin

Im wohlgepflegten Garten der Pension Waldblick in Fichtenau ruhte eine junge Dame – anscheinend auch ein Kurgast – in einem bequemen Liegestuhl. Ein buntfarbener großer Gartenschirm schützte sie vor den Sonnenstrahlen. In einem Korbsessel saß ein junger Mann in ein Buch vertieft. Eben hatte er ein Kapitel zu Ende gelesen und blickte jetzt hinüber zu der Dame, seiner Schwester. – Wie reizend ihr das hellblaue Kleid steht, das Dora ihr gemacht hat! »Wo bist du eigentlich mit deinen Gedanken?« fragte er. »Du strahlst ja geradezu.«

»Ich freue mich auch zu sehr«, erwiderte die Angeredete. »Findest du nicht, Klaus, daß es eine blendende Idee von mir war, die Ferien hier zu verbringen? Gibt es denn ein schöneres Plätzchen als dieses Fichtenau? Papa war ja zuerst nicht so ganz einverstanden, und Mama meinte, Wildungen oder eines der anderen bekannten Bäder, wo ich schon so oft gewesen bin, sei gewiß besser für mich.«

»Du weißt ja, wie sie immer so besorgt um dich sind!« erwiderte der junge Mann.

»Ich bin nur froh«, fuhr die Schwester fort, »daß ich unsern guten alten Doktor rumgekriegt habe. Der fand auf einmal so viele Vorzüge an diesem kleinen Kurort, daß Mama schließlich ganz begeistert war und einwilligte. Ich wundere mich nur, daß sie gar nicht darauf gekommen ist, welche Hintergedanken ich dabei habe. Papa war erst dann einverstanden, als du dich bereit erklärtest, uns als männlicher Schutz zu begleiten. Findest du nicht auch die Pension sehr gut, Klaus?«

»Doch, vorzüglich!«

»Für ein Hotel war Papa ja keineswegs zu begeistern.«

»Ja, weil er fürchtete, daß dir die Unruhe in einem solch großen Haus nicht zuträglich sein könne.«

»Nun hoffe ich, daß wir nicht allzulange warten müssen, bis irgendein Zusammentreffen mit Wilhelma Bleubert ermöglicht werden kann. Du hast sie heute morgen also nicht entdeckt?«

»Nein, ich saß mindestens eine Stunde auf einer Bank in der Nähe des Hotels, aber da du nicht wünschtest, daß ich Erkundigungen einzog, wagte ich niemand nach dem Mädchen zu fragen.«

»Nein, das darf auch nicht sein, ich habe nämlich den bestimmten Eindruck, daß im Leben Wilhelmas irgendeine seelische Not besteht, und da sie damals beim Auftauchen ihres Vaters so offensichtlich erschrak, glaube ich hier einen Zusammenhang suchen zu müssen. Aus diesem Grund habe ich ihr auch nie geschrieben. Ich suche erst nach einer Möglichkeit, irgendwie persönlich hier an Ort und Stelle mit ihr in Verbindung zu treten, um zunächst zu beobachten, und das wird uns hier gelingen. Allerdings können wir nicht erwarten, sie gleich am zweiten Tage unseres Aufenthaltes zu entdecken. Glaube mir, Klaus, seit jener Nacht im Frühjahr, da du sie in unser Haus brachtest, sehe ich ständig die verängstigten Augen dieses Mädels vor mir, und es ist mein fester Entschluß, ihm zu helfen.«

»Das ist ein sehr lieber Gedanke von dir, Silvia, aber nicht wahr, du gehst dabei nicht wieder über deine Kräfte!«

»Sei unbesorgt, Klaus, dazu ist es hier viel zu schön, sieh nur diesen herrlichen Tannenwald da drüben und die schroffen Wände der Adlerfelsen. Oh, ich freue mich auf unsere erste Ausfahrt. Da kommt Frau Ruf, unsere Wirtin, mit ihrem Töchterchen.«

Eine junge Frau, die ein Kind auf dem Arm trug, war soeben aus dem Haus getreten. Mit freundlichem Lächeln grüßte sie die Geschwister.

»Liegen Sie gut, Fräulein Zimmermann? Sonst bringe ich Ihnen gerne noch einige Kissen.«

»Danke, danke, Frau Ruf! Aber wo wollen Sie mit Ihrem Kleinchen hin?«

»Dort drüben auf der Wiese steht sein Laufgitter, da spielt es jeden Nachmittag ein Stündchen ganz für sich allein.«

Die kleine Hannelore kreischte vor Vergnügen und strebte mit Händen und Füßen vom Arm der Mutter herunter.

»Sie kann es nicht erwarten, bis sie auf dem grünen Teppich herumkrabbeln kann«, sagte diese und trug das kleine Ding hinüber in den Schatten der Sträucher, die den Rasen umgaben.

Silvia schaute von ihrem Liegestuhl aus dem munteren Spiel der Kleinen zu. Klaus hatte sich wieder in sein Buch vertieft. Plötzlich fühlte er seinen Arm umklammert. Silvia saß in ihrem Stuhl aufgerichtet. Sie zitterte vor Erregung. Mit einer Hand faßte sie den Arm des Bruders, mit der anderen wies sie hinüber auf den Rasenplatz, wo soeben ein Mädchen neben dem Laufgitter der kleinen Hannelore niederkniete und mit ihr spielte.

»Klaus«, flüsterte Silvia, »ist sie das nicht? Sieh doch hinüber, – bestimmt, – ganz bestimmt, – sie ist es!«

In diesem Augenblick kam Frau Ruf, um Fräulein Zimmermann doch noch ein paar Kissen zu bringen.

»Kennen Sie dieses Mädchen, das mit Ihrem Kind so

schön spielt?« fragte Silvia sofort mit leiser Stimme.

Frau Ruf blickte hinüber. »Ja, natürlich, das ist Wilhelma Bleubert, die einzige Tochter des Besitzers vom Hotel Rosenhain, des größten Hauses im Ort. Aber es ist ein Jammer mit dem Kind, man spricht in der ganzen Stadt davon. Die Eltern sollen seinetwegen große Sorgen haben. Es soll ganz aus der Art schlagen und sehr schwierig zu erziehen sein. Der Vater hatte schon einmal eine Erzieherin angestellt für seine Tochter, die hielt es nicht lange dort aus, da sie angeblich von Wilhelma drangsaliert wurde.«

»Ob die Schuld nur an dem Kind liegt?« fragte Silvia Zimmermann.

»Man will sogar wissen, daß Herr Bleubert sich mit dem Gedanken abgibt, seine Tochter in eine Erziehungsanstalt zu schicken«, fuhr Frau Ruf fort. »Ach je, was für eine Sorge, – zumal, wenn nur ein Kind da ist. Mög's Gott verhüten, daß mir mein Hannelorchen einmal solchen Kummer bereitet. Aber eine gute Seite scheint diese Wilhelma doch zu haben, sie hat eine besondere Vorliebe für kleine Kinder. Schon seit einigen Wochen kommt sie nachmittags heimlich für ein Weilchen zu Hannelore und spielt ganz reizend mit ihr. Die Kleine wartet schon förmlich auf sie, aber das Mädchen ist furchtbar scheu. Sobald ich es anspreche, und ich hab's schon einige Male versucht, läuft es davon.«

Silvia hatte die letzten Worte kaum noch vernommen. Mit gespannter Aufmerksamkeit verfolgte sie jede Bewegung des Mädchens, das jetzt die jauchzende Kleine auf den Arm genommen hatte, die ihr Köpfchen zutraulich an die Schulter der großen Spielgefährtin schmiegte. Jetzt erkannte sie Silvia genau. Es war Wilhelma, das Mädchen, das in jener stürmischen Frühjahrsnacht in ihrem Hause Zuflucht gefunden hatte.

»Wilhelma!« rief Silvia. »Wilhelma!«

Das Mädchen drehte sich erschrocken um. Im nächsten Augenblick setzte es das Kind nieder in das Laufgitter und lief fluchtartig davon.

»Wilhelma!« klang es jetzt zweistimmig. Auch Klaus beteiligte sich nun dabei. Aber das Mädchen war schon verschwunden.

»Klaus, schnell, schnell, lauf ihr doch nach, jetzt kommen wir auf so merkwürdige Art mit ihr zusammen, und sie entkommt uns womöglich wieder. Schnell, Klaus, schnell!«

Klaus rannte davon.

»Ach, warum kann ich nicht auch mitlaufen?« Um ihrer selbst willen jammerte Silvia nie, aber jetzt, wo es galt, helfend einzuspringen, empfand sie die Lähmung ihrer Glieder schwer.

In der Gartentüre rannte die fliehende Wilhelma mit einer von der entgegengesetzten Richtung kommenden Person zusammen: Schwester Dora! »Da hab' ich sie ja!« rief diese freudig überrascht und umfing das Mädchen mit beiden Armen. Gleichzeit kam Klaus dazu.

»Halten Sie das scheue Reh fest, Schwester Dora!« rief er.

Wilhelma aber blickte sich um, als träume sie, – und nun ging ein freudiges Leuchten des Erkennens über ihr Gesicht.

»Ist – sie auch da?« fragte sie, und ihre Wangen färbten sich pupurrot; dabei senkte sie in großer Verlegenheit die Augenlider, so, als müsse sie sich schämen, wenn sie jemand ihre geheimen Gedanken verraten würde.

»Ja, ja, sie ist auch da«, antwortete Dora, die die scheue Frage sofort verstanden hatte. »Komm nur, ich führe dich zu ihr.« Gleich darauf standen sie alle drei vor Silvia, die ihre kleine Freundin glückstrahlend an sich zog.

»Jetzt habe ich dich, du ängstliches Kind. Warum wolltest du denn wieder fortlaufen?«

»Weil ich dachte, Sie sind ein Kurgast.«

»Und wäre das so schlimm gewesen?« Wilhelma blickte zu Boden.

»Na, willst du es mir nicht sagen?«

»Ich, – ich hasse die Fremden.«

Silvia lächelte kein bißchen. Sie sah den wehen Zug, der sich bei den letzten Worten des Mädchens auf seinem Gesicht ausprägte. »Oh, da bin ich aber froh, daß ich keine Fremde bin«, sagte sie leise, »sondern daß wir beide gute alte Freunde sind, sonst hättest du mich schließlich auch gehaßt.«

Da schlang das sonst so schüchterne Kind plötzlich beide Arme um Silvia und flüsterte: »Oh, ich habe so viel an Sie gedacht und nie vergessen, was Sie zu mir gesagt haben.«

»Was war denn das?«

Wilhelma blickte scheu auf. – Die beiden anderen waren verschwunden. – »Kleine Freundin haben Sie gesagt.«

»Möchtest du gern meine Freundin sein?«

»Oh –« Mehr konnte das Kind nicht sagen, aber in seinen Augen war die Antwort zu lesen.

»Gut, Wilhelma, dann darfst du ›Silvia‹ zu mir sagen.«

»Silvia!« Helma sprach den Namen nur flüsternd vor sich hin.

Aber dann, es war so seltsam, auf einmal riß sich das

Mädchen los und rannte wild davon, hinaus aus dem Garten. Jetzt aber war Silvia keineswegs beunruhigt. Sie wußte, ihre kleine Freundin würde wiederkommen.

Wilhelma aber mußte dieses für sie so gewaltige Erlebnis erst auf ihre Art verarbeiten. Ohne sich umzusehen, lief sie in den Wald auf ihr Lieblingsplätzchen. Dort warf sie sich wieder einmal ins Moos, um niemand ihre Tränen sehen zu lassen. Diesmal aber waren es Freudentränen.

Seit jener denkwürdigen Nacht, wo sie in der Villa Zimmermann Aufnahme gefunden hatte, mußte sie immer wieder an die leidende Tochter des Hauses denken. Wie gütig war sie zu ihr gewesen! Es war Wilhelma, als hätte sie in ihr einen Menschen gefunden, der sie verstehen würde.

Nach der Entlassung von Fräulein Entermann hatte sich niemand mehr um sie kümmern können. Die Mutter war täglich bis spät in die Nacht hinein im Hause beschäftigt und fand, wie immer während der Saison, keine Zeit für ihr Kind. Die Drohung des Vaters, Wilhelma in eine Erziehungsanstalt zu schicken, hatte diese derart eingeschüchtert, daß sie sich kaum noch zu Hause blicken ließ, aus lauter Angst, wieder irgend etwas anzustellen, was seinen Zorn erregen könnte. Sie konnte ja tun, was sie wollte, alles ärgerte ihn. So war sie in diesem Sommer einsamer als je zuvor durch die Tage gegangen. In ihrer Gedankenwelt aber spielte Silvia immer mehr eine große Rolle. Das Gefühl der Einsamkeit und die daraus hervorgehende Sehnsucht nach einem Menschen, der sie verstand und nicht hinter all ihrem Tun Bosheit suchte, verstärkte den Wunsch in ihr, dieser gütigen Silvia Zimmermann noch einmal zu begegnen. Und nun war sie hier – und blieb vielleicht längere Zeit am Ort, – und sie wollte ihre Freundin sein. – »Silvia«, schluchzte das Kind ins Moos und weinte und lachte seine Not und seine Freude abwechselnd in den kühlen, weichen Waldboden hinein.

Die alten Bäume rauschten über Wilhelma, als wollten sie sagen: »Ruhig, ruhig, kleines Mädchen, es findet sich immer wieder ein Rat. Wir wissen ja, wie manchen geheimen Kummer du hierher zu deinem Lieblingsplätzchen getragen hast.«

Eine Stunde später stand Wilhelma wieder vor ihrer Freundin. Ihre zartgeblümte Bluse war zerdrückt, das Haar wieder einmal recht wirr, die Wangen vor Erregung gerötet. Mit beiden Händen hielt sie der Kranken einen mächtigen, wunderschönen Waldstrauß entgegen: »Für dich, Silvia!«

Und nun begann für Wilhelma eine Ferienzeit, wie sie noch keine erlebt hatte. Jede freie Minute, und sie hatte deren viele, verbrachte sie bei Silvia, die es sich zur Aufgabe gemacht hatte, diesem Kind zu helfen. Und es war höchste Zeit, daß sich jemand fand, der imstande war, diese Aufgabe zu erfüllen, denn Wilhelma war auf dem besten Wege, einseitig und ein verbittertes Menschenkind zu werden. Ihre Scheu vor fremden Menschen war beinahe krankhaft geworden, und es hätte bestimmt zu einer Katastrophe geführt, wenn Silvia nicht eingegriffen hätte. Sie tat es aber nicht etwa wie eine gestrenge Lehrmeisterin. Da gab es kein ständiges: »Du mußt das tun, oder du darfst dieses und jenes nicht tun!« Silvia verstand es vorzüglich, Wilhelma dahin zu bringen, daß sie von selbst einsah, was richtig und falsch war.

So saßen sie eines Tages wieder zusammen im Garten der Pension Waldblick. Dora hatte den Kaffeetisch nahe an Silvias Liegestuhl gerückt, und Sie verlebten ein gemütliches Kaffeestündchen. Vor der Schwester und Klaus war Wilhelma noch immer zurückhaltend und verlegen. Silvia gegenüber aber zeigte sie großes Vertrauen. Klaus ging dann ins Schwimmbad, und Dora zog sich in ihr Zimmer zurück, weil sie einen Brief zu schreiben hatte. Silvia arbeitete an einer feinen Handarbeit. Sie wandte sich an Wilhelma: »Findest du das nett, Helmchen?«

»O ja!«

»Machst du auch gern Handarbeiten?«

»Ach, – nicht so gern. Früher, als Rike noch lebte, zeigte sie mir hin und wieder etwas, – aber jetzt hat niemand mehr Zeit für mich.«

»Auch im Winter nicht?«

»Ja, da hat Mutter zwar nicht so viel Arbeit im Hotel, – aber da ist dann so viel im Haushalt nachzuholen, was im Sommer liegenbleibt, daß für solche feinen Handarbeiten auch dann keine Zeit vorhanden ist.«

»Aber deine Mutter ist gewiß sehr froh, an ihrer Tochter eine große Hilfe zu haben.«

»Oh, ich helfe nicht sehr viel.«

»Schade, – und warum nicht?«

»Weil alles, was in unserem Hause getan wird, nur für die Fremden ist, und ich hasse die Fremden.«

»Aber du hast mir doch erzählt, daß du einmal das Hotel übernehmen sollst.«

»Ja, – ich soll, – aber ich tue es nicht, – nein, Silvia, ich tue es nicht, – ich will nicht –!«

Wilhelma war bei den letzten Worten aufgesprungen und stand mit blitzenden Augen und geballten Fäusten vor Silvia Zimmermann. Bei jedem ihrer letzten Worte stampfte sie mit dem Fuß auf, als müsse sie ihren Vorsatz auf diese Weise besonders bekräftigen. »Nein, Silvia, niemals, lieber gehe ich doch in eine Erziehungsanstalt!«

»Hm, aber du kannst doch nicht dein ganzes Leben lang in einer Erziehungsanstalt bleiben.«

»O Silvia, es ist gräßlich!« schluchzte Wilhelma.

Die Kranke legte die Arbeit aus der Hand. »Erzähle mir doch einmal, wie du dir deine Zukunft denkst, Helmchen. Gewiß hast du dir darüber schon deine eigenen Gedanken gemacht. Stimmt's?«

»Ja, du hast recht, aber es ist zwecklos, darüber zu reden, es wird ja doch nichts draus.«

»Ich würde mich aber sehr freuen, wenn du es mir erzählen würdest.«

Wilhelma saß eine ganze Weile schweigend auf dem Rand des Liegestuhls und starrte vor sich hin. Silvia ließ ihr Zeit. Schließlich seufzte das Kind wieder, beinahe schmerzlich: »Silvia, lachst du mich auch nicht aus?«

»Aber liebes Kind, hab' ich das je getan?«

»Nein, aber alle andern würden lachen.«

»Ich bin nicht alle andern, ich bin deine Freundin.«

Und nun mußte sie es sich wieder einmal gefallen lassen, daß Wilhelma stürmisch die Arme um sie schlang und sie schier erdrückte. »Ja, das bist du, das bist du, Silvia, meine einzige, beste Freundin, und darum will ich es dir auch sagen. Zu keinem Menschen kann ich sonst darüber sprechen, selbst Hans Sprüngel weiß nichts davon.« Wieder machte sie eine Pause, und dann hörte es sich fast feierlich an, als sie fortfuhr: »Ich möchte Rosenhain wohl übernehmen, aber nicht als Hotel, nein, ich würde etwas ganz anderes daraus machen, – o Silvia!«

Die Kranke streichelte leise die Hand des Kindes. Sie fühlte, es vertraute ihr etwas an, was bis dahin tief in seinem Herzen verborgen war, und sie würdigte dieses Vertrauen. »Was würdest du daraus machen, Helmchen?«

Wilhelma wagte den Gedanken nicht laut auszusprechen. Sie beugte sich herüber und flüsterte der Freundin ins Ohr: »Ein Kinderheim!« Und dann war es, als ob ein Damm gebrochen wäre. Mit leuchtenden Augen und ohne auch nur einmal zu stocken, schilderte Wilhelma alles so, wie sie es sich dachte.

»Stelle dir vor, Silvia, wie herrlich das sein würde! Lauter arme, blasse Kinder aus den Städten, die bisher in engen, dunklen Häusern aufgewachsen sind, – in weißen Bettchen würden sie schlafen, im Park auf den Wiesen herumspringen und tollen, ich würde Sandkästen und Schaukeln hinstellen, – jeden Tag würde ich mit ihnen Waldspaziergänge machen, helle, luftige Kleidchen müßte man ihnen nähen, der Speisesaal würde eine wundervolle Spielhalle geben, und ich würde Kinderpflegerinnen anstellen, aber liebevoll müßten sie sein, liebevoll und gütig, nicht etwa wie die Entermann. O Silvia, kannst du dir vorstellen, wie herrlich dies sein würde? Und immer würden wir Zeit für unsere Kinder haben, und das Essen würde ihnen nie kalt werden, weil sie gar nie allein essen müßten, und sie dürften lachen und tollen und brauchten nicht immer zu flüstern und auf Zehenspitzen durch das Haus zu gehen. Ja, Rosenhain müßte ein Kinderheim werden!«

Wilhelma hielt inne und blickte Silvia erwartungsvoll an.

»Das wäre allerdings wunderschön, Helmchen«, erwiderte Silvia ruhig und sah gleichzeitig all die bergehohen Schwierigkeiten vor Augen, die sich Wilhelma in den Weg stellen würden, wenn sie es versuchte, diesen Plan auszuführen. Nach dem zu urteilen, was sie über Herrn

Bleubert gehört hatte, war die ganze Sache wirklich aussichtslos. – Aber wenn es des Kindes Bestimmung war?

Wilhelma ahnte nichts von diesem Gedankengang, sie hörte nur die ihr gegebene Antwort, und jubelnd wiederholte sie: »Nicht wahr, du findest es auch wunderschön, Silvia; meinst du, daß es einmal so werden könnte?«

»Ich will in Ruhe darüber nachdenken, kleine Helma, wir sprechen dann wieder davon.«

An diesem Tag kam Wilhelma so fröhlich nach Hause wie schon seit Jahren nicht mehr. Die Mutter hatte schon tagelang eine gewisse Veränderung an ihr wahrgenommen, heute aber fiel es selbst dem Vater auf.

»Was ist nur mit Wilhelma los?« fragte er seine Frau. »Die hüpft ja wie ein lustiger Vogel durchs Haus, und wenn ich mich nicht sehr täusche, habe ich vorhin gesehen, daß sie einige unserer Gäste sehr freundlich gegrüßt hat. Das ist ja ein wahres Wunder, ich hatte die Hoffnung schon fast aufgegeben.«

Abends erzählte Wilhelma zum erstenmal der Mutter etwas von dem Aufenthalt Silvia Zimmermanns in Fichtenau, sie hatte bisher nicht darüber gesprochen, aus Angst, der Vater könnte in ihren Besuchen in der Villa Waldblick wieder ein Unrecht sehen. Heute aber war ihr Herz so erfüllt von der Freude über die Unterredung mit Silvia, daß sie ihrer Mutter ein klein wenig davon abgeben mußte. Von ihren geheimen Zukunftsgedanken jedoch sagte sie nichts, aber von Silvia mußte sie erzählen, das war ihr plötzlich ein Bedürfnis.

»Denk dir, Mutter, sie ist meine Freundin. Du solltest einmal sehen, wie schön sie ist und was sie für gute, liebe Augen hat. Und nie ist sie unzufrieden, obwohl sie schon mehr als sechs Jahre keinen Schritt gehen kann und immer getragen und überallhin gefahren werden muß.«

Frau Bleubert blickte ihrem Kind in die Augen. »Ob mein Töchterchen wohl etwas von ihrer neuen Freundin lernt?«

Als Wilhelma am nächsten Tag wieder Silvia besuchte, war ihre erste Frage: »Hast du darüber nachgedacht?«

»Ja, Helmchen, beinahe die ganze Nacht.«

»Und denkst du, daß es einmal sein könnte?«

»Ich glaube, daß es möglich wäre, aber es ist ein langer, mühsamer Weg. Damit aber das Ziel erreicht werden kann, müßte meine kleine Freundin vieles ganz anders machen.«

»Wie meinst du das, Silvia, sag schnell?«

»Vor allen Dingen kannst du nicht erwarten, daß dein Vater jemals Interesse an deinen Zukunftsplänen zeigt, wenn du seiner Arbeit nicht das geringste Interesse entgegenbringst. Er plagt sich im Grunde genommen doch nur für dich, sorgt jahraus, jahrein für das Wohl seiner Gäste, um seinem einzigen Kind einmal eine gesicherte Zukunft bereiten zu können. Und dein Plan kann nur verwirklicht werden, wenn du die nötigen Mittel zur Verfügung hast. Die Abneigung, die du den Fremden, die doch das Geld hereinbringen müssen, und damit aber auch seiner Arbeit gegenüber zeigst, muß ihn ja bitter und hart gegen dich machen. Du beklagst dich darüber, daß deine Eltern keine Zeit für dich haben. Versuche auch einmal zu verstehen, wie sehr du ihnen vielleicht ihre oft nicht einfache Aufgabe erleichtern könntest, wenn du deine Feindseligkeiten gegen die Gäste aufgeben würdest. Denke einmal darüber nach, ob es nicht richtiger wäre, deinen Eltern etwas von ihrer vielen Arbeit abzunehmen. Du weißt, wie sehr du deinen Vater erfreuen würdest, wenn du freundlich und zuvorkommend gegen die Gäste eures Hauses wärest.«

»Das ist so schwer, Silvia.«

»Redest du dir das nicht ein, Helmchen? Es ist doch die Pflicht jedes wohlerzogenen Menschen, freundlich und höflich gegen jedermann zu sein. – Denkst du gar nicht daran, wie es deine Mutter traurig machen muß, wenn du nur immer das hervorhebst, was du nicht hast? Du glaubst, du hast kein so trauliches Familienleben wie andere, du redest dir ein, daß es andern Kindern viel besser geht als dir und denkst gar nicht an die Vorzüge, die du andern voraushast. Hast du schon einmal Hunger leiden müssen, Helmchen?«

»Nein!«

»Hast du nicht ein hübsches Zimmer mit vielen schönen Sachen, die dir gehören?«

»Doch!«

»Hast du nicht schon Reisen machen dürfen und manches Schöne gesehen?«

»Doch!«

»Siehst du, und so könnte man noch vieles aufzählen. Glaube mir, es gibt viele Kinder, die es nicht so gut haben. Und ist es dir klar, wieviel Ursache du hast, dankbar zu sein, daß du im Besitz deiner gesunden Glieder bist und umherspringen kannst?«

Wilhelma blickte die Freundin betroffen an. Unwillkürlich mußte sie deren arme lahme Füße streicheln. »Silvia, – ich glaube, du hast recht.«

»Siehst du, und da ist es mir in dieser Nacht klar geworden: Wenn du willst, daß dein schöner Zukunftsplan Wirklichkeit wird, dann muß dein Vater vor allen Dingen erst einmal eine dankbare, frohe und willige Tochter haben, auf die er sich einmal verlassen und der er sein Vertrauen schenken kann. Dann erst wäre es möglich, daß Rosenhain einmal eine andere Bestimmung bekäme. Natürlich kann ich nicht sagen, ob dein Vater überhaupt je im Leben für deine Idee zugänglich ist. So wie du aber bis jetzt ihm gegenüber eingestellt bist, wird es wohl nie etwas werden. Ich glaube, es liegt vieles in deiner Hand, Helmchen.«

Wilhelma seufzte. »O Silvia, du hast recht, es ist ein langer, schwerer Weg.«

»Mach einmal einen Anfang.«

Eine ganze Weile saßen die beiden schweigend beieinander. Wilhelma dachte angestrengt über das nach, was ihr die Freundin gesagt hatte. Plötzlich schmiegte sie sich an sie. »Silvia, es wäre viel leichter, wenn du immer bei mir wärest.«

»Du mußt nur das Gute wollen und alles von Gott erwarten, Helma. Er wird dir durchhelfen und du wirst seine Wunder schauen.«

»Na, ihr beiden, ihr macht so würdige Gesichter, als wäret ihr zwei Gelehrte.« Klaus war zu ihnen getreten.

»Das sind wir auch«, erwiderte Silvia lachend, »jetzt aber haben wir genug Weisheit verzapft. Wie wäre es denn, Klaus, wenn du mit Helmchen einen recht ausgiebigen Waldspaziergang machen würdest, damit sie auch etwas Bewegung hätte?«

»O Silvia!« Wilhelma sah ein wenig enttäuscht aus. »Ich dachte, ich dürfte dich heute wieder einmal im Rollstuhl in den Wald fahren.«

»Heute nicht, Kind, ich fühle mich etwas müde vom vielen Nachdenken über dich, aber geh du ruhig eine Stunde mit Klaus spazieren.«

»Natürlich, ich bin dem Fräulein nicht gut genug«, murrte der junge Mann in geheuchelter Entrüstung. »Da sieht man es wieder!«

»Ach, du Spötter!« Helma war längst auch mit Klaus befreundet und kannte seine Scherze.

»Los, versuch mich zu fangen, wenn du kannst!«

Und schon rannte sie davon und Klaus hinter ihr her. Silvia blickte den beiden lächelnd nach.

Nun trat Dora zu ihr. »Na, Silvia, siehst du schon einigen Erfolg deiner Bemühungen?«

Silvia antwortete nicht gleich. Nach einigen Augenblicken des Besinnens erwiderte sie: »Erfolg, Dora? – Wie man's nimmt. Hier handelt es sich in der Hauptsache darum, ein vereinsamtes Kinderherz dahin zu bringen, daß es Vertrauen faßt, nachdem es jahrelang Not gelitten hat. Aber ich glaube, es wird uns gelingen.«

Auf diese Weise gingen die Sommerwochen dahin. Entweder war Wilhelma bei Silvia oder sie streifte mit Klaus, der ihr wie ein großer Bruder zur Seite stand, sich aber auch echt brüderlich mit ihr neckte, im Wald umher. Dabei kam es vor, daß Helma noch schneller einen Baum erkletterte als er.

»Klaus versteht wenigstens den Wald«, berichtete sie nach solchen Touren oftmals der Freundin, und dieses Verstehen imponierte ihr. Manchmal lagen die beiden auch nebeneinander im Moos auf ihrem Lieblingsplätzchen und erzählten sich allerlei. Klaus sprach von seinen Plänen, die er als Arzt zur Durchführung bringen wollte. Da wagte es Helma einmal ganz zaghaft, auch mit ihm von ihren geheimen Zukunftsplänen zu sprechen. Der Freund war restlos begeistert.

»Fabelhaft, Helmchen, – ganz fabelhaft! Jawohl, du errichtest im Rosenhain ein Kinderheim, und ich werde der verantwortliche Arzt für das Heim. Mit einem Auto bin ich dann immer schnell zur Stelle. Weißt du, es wird doch gut sein, wenn du dich von mir beraten läßt, du verstehst doch so gut wie gar nichts von der Pflege eines kranken Menschen. Aber deswegen brauchst du nicht gleich so traurige Augen zu machen, du kannst, ja du mußt schließlich noch ein paar Kurse für Kinder- und Krankenpflege mitmachen.«

»Meinst du, daß das möglich ist?«

»Ja, gewiß!«

So befaßten sich die beiden jungen Menschen ganz ernsthaft mit Zukunftsgedanken. Die alten Bäume rauschten ihnen wohlwollend zu: »Ja, ja, ihr Kinder, macht ihr ruhig eure Pläne. Das ist das Recht der Jugend.«

Der Umgang mit Silvia beeinflußte Wilhelma so, daß es der Mutter vorkam, als sei ihre Tochter wie umgewandelt. Wilhelma bemühte sich ernstlich, die Ratschläge ihrer Freundin zu befolgen. Sie ging der Mutter helfend zur Hand und konnte ihr bald schon allerlei Arbeit abnehmen. Die Folge davon war, daß Frau Bleubert des Abends eher eine Stunde für sich erübrigen konnte, die dann Wilhelma wieder zugute kam. So gestaltete sich das Verhältnis zwischen Mutter und Tochter zu einem weit besseren als bisher. Nur über eines wagte Helma nicht zu sprechen, über den Plan des Kinderheims. Sie ahnte, daß er die Mutter unsagbar erschrecken würde, schon um des Vaters willen, und daher schwieg sie lieber.

Sehr schwer wurde es Helma, ihre jahrelang gehegte Abneigung gegen die Fremden zu überwinden, und es gelang ihr lange Zeit nur kläglich. Aber sie gab sich redliche Mühe und war glücklich, daß auch das Verhältnis zu ihrem Vater wenigstens teilweise besser wurde. Silvia hatte also doch recht gehabt mit ihren Ermahnungen.

Die Sommerferien waren zu Ende. Klaus hatte abreisen müssen, weil die Schule wieder begann. Auch Wilhelma mußte die Morgenstunden in der Schule zubringen. So blieb ihr am Nachmittag immer nur kurze Zeit für Silvia. Als das Laub sich färbte und die ersten Herbstastern zu blühen anfingen, sprach auch Silvia vom Abschiednehmen. Das aber war für Wilhelma so schmerzlich, daß sie einen ganzen Tag brauchte, um diesen Gedanken der Trennung zu verarbeiten. Es schien ihr nach den herrlichen Sommerwochen unmöglich, ohne Silvia zu sein.

Als Wilhelma eines Tages aus der Schule kam und mit der Mutter im kleinen Wohnzimmer beim Mittagessen saß, sagte diese: »Helmchen, wir hatten heute morgen Besuch.«

»So, – wer war es denn?«

»Rate einmal!«

»Ach Mutti, wie soll ich das wissen, wo so viele Menschen in unserem Hause ein und aus gehen.«

»Es war jemand, den du sehr liebhast.«

»Silvia? —« Wilhelma legte Messer und Gabel aus den Händen.

»Ja, – Schwester Dora brachte sie zu uns, und sie hatte eine lange Unterredung mit Vater und mir.«

»Und? – Mutti? –« Wilhelma zitterte vor Spannung am ganzen Körper.

»Du hast recht, Helmchen, Fräulein Zimmermann ist ein selten feiner Mensch, sie muß dich sehr liebhaben. Ich kann dir nicht sagen, wie dankbar ich dafür bin, daß du sie kennengelernt hast. Seit Jahren ist es mein sehnlichster Wunsch, daß sich ein Mensch finden würde, der sich deiner annehmen und dir helfen könne, der dich versteht und dich liebhat. Sie hat den Vater um die Erlaubnis gebeten, daß du nach deiner Schulentlassung anstatt in ein Pensionat für ein Jahr zu ihr kommen darfst. Sie will dich selbst weiter unterrichten und für eine tadellose Ausbildung sorgen.«

»Und was hat Vater gesagt?« fragte Wilhelma erwartungsvoll.

»Er hat gesagt, daß es ganz auf dich ankomme. Wenn du dich in dieser Zeit so benimmst, daß er nicht über dich zu klagen hat, und wenn du vor allen Dingen deinen ihm unbegreiflichen Groll gegen die Fremden überwindest, dann hat er nichts dagegen, daß du für ein Jahr zu Fräulein Zimmermann gehst.«

»Mutti!« – Es war nur zu verwundern, daß Wilhelma den Tisch nicht umwarf. Die Mutter aber hatte Mühe, das Gleichgewicht zu behalten, so gewaltig war der Freudenausbruch ihrer Tochter.

»Mädel, du bringst mich ja um!« jammerte Frau Bleubert und versuchte sich der Umarmung Wilhelmas zu entziehen. Dabei lachte aber auch ihr die helle Freude aus den Augen. –

Eine halbe Stunde später war's. Silvia lag in ihrem Zimmer, um nach dem Mittagessen ein wenig zu ruhen. Da wurde die Türe aufgerissen und herein stürmte ein Mädel mit fliegenden Zöpfen, roten Wangen und lachenden Augen.

»Silvia, – Silvia, sei nicht böse, – ich weiß ja, daß man die Mittagsruhe nicht stören darf, ich tu's auch nie wieder, aber ich muß es dir gleich sagen, daß ich mich totfreue. Ich mußte gleich zu dir, um dir das zu sagen und dir zu danken.«

Silvia zog das aus allen Fugen geratene Kind zu sich nieder. »Tu das nicht, Helmchen, freue dich nicht tot, sonst kannst du ja nicht nach Obersteinheim kommen.«

»O Silvia, – du Gute!«

»Denkst du auch daran, was für eine Bedingung dein Vater gestellt hat?«

»Ich weiß, ich weiß, aber du wirst es sehen, er wird nicht über mich zu klagen haben. Jetzt habe ich ja etwas, worauf ich mich freuen kann, und dann ist alles Schwere viel leichter.«

Schwester Helma

Vier Jahre später. In einem der großen, hellen Zimmer eines Kinderkrankenhauses stand eine junge Schwester im kleidsamen Waschkleid, weißer Schürze und Schwesternhäubchen. Noch etwas ungeschickt schöpfte sie aus einer großen Suppenschüssel eine Portion Grießbrei in einen Teller und trug ihn zu dem Bettchen am Fenster, wo ein kleiner Lockenschopf schon auf seine Mahlzeit wartete.

Eine ältere Schwester war ebenfalls mit Füttern beschäftigt. Freundlich blickte sie hinüber zu der jungen Lernschwester.

»Na, Schwester Helma, geht es?«

»O ja, Schwester Gertraude, mit der Zeit lerne ich das Füttern, ohne die Hälfte vom Löffel zu verschütten.«

»Ja, ja, es will alles gelernt sein.«

Schwester Helma? – War es möglich, sollte das Wilhelma Bleubert, die Tochter des Besitzers vom Hotel Rosenhain in Fichtenau sein? – Ja, sie war es. Aus dem scheuen, ängstlichen Kind mit den Hängezöpfen war die freundliche, stets willige Lernschwester der Kinderklinik in Hohenwaldau geworden. Das hatte sie sich damals vor bald vier Jahren, als sie ihrer Feundin Silvia zaghaft ihre Zukunftspläne anvertraute, allerdings nicht träumen lassen. Es war geradezu wunderbar, wie alles gekommen war. Die Aussicht, für ein Jahr zu Silvia nach Obersteinheim in die Villa Zimmermann zu kommen, war ihr damals solch ein Ansporn gewesen, daß sie sich mit Einsatz ihrer ganzen Kraft bemüht hatte, ihre Eltern zu erfreuen und besonders im Umgang mit den Fremden sich dem Willen des Vaters anzupassen.

Niemand ahnte, wie schwer ihr das oft geworden war und wie sie sich manchmal heimlich fortgeschlichen hatte, damit keiner ihre Tränen sah, bis sie sich beherrscht hatte, um dann wieder mit freundlichem Gesicht zu den Gästen zu treten. Mit der Zeit aber lernte sie es, und ihr guter Wille söhnte den Vater mit den Vorkommnissen in der Vergangenheit, die er noch immer nicht vergessen hatte, aus.

Als sie aus der Schule entlassen wurde, erlaubte er ihr, ein Jahr nach Obersteinheim zu gehen.

»Es sind wirklich gebildete Leute. Wilhelma wird sich dort den ihr fehlenden Schliff holen können«, sagte er und dachte dabei daran, daß seine Tochter als dereinstige Besitzerin des Hotel Rosenhain solche Kenntnisse nur zu gut gebrauchen könne.

Und dann folgte eine Zeit in der Villa Zimmermann, die Wilhelma die herrlichste ihres Lebens zu sein dünkte. Sie nahm täglich einige Stunden Unterricht bei ihrer Freundin Silvia. Fühlte diese sich nicht stark genug, so fielen die Lehrstunden auch einmal aus, und Wilhelma saß mit einer Handarbeit bei der Kranken. Jede dieser gemeinsam verlebten Stunden aber war für das junge Mädchen von großem Nutzen. Silvia verstand es ausgezeichnet, Wilhelma zu leiten und sie für die Aufgaben ihrer Zukunft zu erziehen. Schwester Dora gab ihr die ersten Anleitungen in der Krankenpflege, und Wilhelma war glücklich, ihr bald bei der Betreuung der kranken Freundin behilflich sein zu können. Zu allen andern Familienmitgliedern des Hauses stand Helma in gutem Verhältnis. Es war erstaunlich, wie sie ihre scheue, ja beinahe mißtrauische Art verloren hatte und zu einem frischen, fröhlichen Mädchen wurde. Klaus war ihr längst ein unentbehrlicher Freund geworden. Manche herrliche Wanderung hatten die beiden schon unternommen, und oft waren sie gemeinsam die Wege gegangen, auf denen Wilhelma in jener unheimlichen Nacht in Sturm und Regen umhergeirrt war.

»Wie gut, daß ich damals euer Haus fand«, sagte sie manchmal. – »Und wie gut, daß ich am Fenster stand, als du wie ein hilfloses, verirrtes Vögelein in unseren Hof flattertest und dort umfielst. In einer halben Minute war ich unten und trug dich als kostbare Last in die Gemächer meiner Schwester«, neckte dann Klaus.

»Du, damals war mir bestimmt nicht zum Scherzen zumute.«

»Ich glaube dir's, Helmchen.«

»Aber ich bin nun doch froh, daß ich dieses Abenteuer erlebte, sonst hätte ich euch nie im Leben kennengelernt.«

So verging die Zeit in Obersteinheim. Das erste Jahr war vergangen und das Unglaubliche geschah: Herr Bleubert erlaubte Helma, noch einige weitere Monate zu bleiben, als Silvia ihn darum bat. Man mochte sich in Obersteinheim einfach nicht von der fröhlichen jungen Hausgenossin trennen, und Herr Bleubert meinte, daß ein noch längerer Unterricht in der französischen und englischen Sprache, der Wilhelma dort erteilt wurde, für ihren künftigen Beruf im Hotelleben nur dienlich sein könne. Aber Silvia, die ihren bestimmten Plan mit Wilhelma verfolgte, wagte noch mehr.

»Würden Sie nicht erlauben, daß Helmchen noch ein wenig in der Kinder- und Krankenpflege ausgebildet wird?« schrieb sie eines Tages. Aber damit war Herr Bleubert nun keineswegs einverstanden. »Nein, nein, – das geht unbedingt zu weit. Was soll Wilhelma mit Krankenpflege anfangen? Sie hat jetzt eine Ahnung, wie man mit Fremden umgeht, sie spricht sehr gut fremde Sprachen. Jetzt soll sie nach Hause kommen und hier ihren Platz einnehmen.«

Aber nun war es die Mutter, die ihrer Tochter beistand. »Ach, Wilhelm, laß doch das Kind soviel wie möglich lernen. Du weißt gar nicht, wie sie es noch einmal im Leben brauchen kann. Außerdem ist Helmchen noch so jung, es kommt noch früh genug in die Tretmühle unseres Betriebes.«

»Wie nennst du das?« fragte mißtrauisch Herr Bleubert.

»Ja, eine Tretmühle ist unser Betrieb. Stimmt es etwa nicht? Wann kommen wir einmal zu uns selbst? Und ein innerliches sowie äußerliches Ausspannen ist einfach notwendig, das weißt du ganz genau so gut wie ich.«

»Ach, dummes Zeug! Man könnte meinen, du seist bei der alten Rike in die Schule gegangen.«

»Bin ich vielleicht auch. Übrigens hast du im Grunde deines Herzens eine sehr hohe Meinung von deiner alten Kinderfrau. Und nicht wahr, Wilhelm, du erfüllst mir den Wunsch und läßt unser Kind auch noch so etwas lernen? Es hat doch so Freude daran« – So war es gekommen, daß Helma in das Kinderkrankenhaus als Lernschwester eintrat. Sie war überglücklich. War das nicht ein Zeichen, daß ihre geheimen Wünsche sich doch noch erfüllen würden – und wenn es vielleicht erst nach Jahren wäre? Die Arbeit im Krankenhaus machte ihr große Freude. Sie liebte Kinder über alles und kannte kein größeres Glück, als die herzigen Geschöpfe zu betreuen. Die Oberschwester hatte sehr bald herausgefunden, daß Schwester Wilhelma trotz ihrer Jugend zuverlässig und gewissenhaft war und schenkte ihr daher großes Vertrauen. Ihre freien Nachmittage verbrachte Wilhelma meistens bei Silvia. Obersteinheim war nicht weit vom Kinderkrankenhaus entfernt. Silvia freute sich während der ganzen Woche auf den Besuch ihrer jungen Freundin, die ihr dann ausführlich die Erlebnisse in der Anstalt erzählen mußte. »O Silvia«, bestätigte Wilhelma immer wieder, »keine Arbeit könnte mich so befriedigen wie der Dienst an den Kindern. Du glaubst gar nicht, wie herzig die kleinen Trabanten sind und wie zutraulich sie an mir hängen.«

Das ist kein Wunder, wenn sie eine so liebliche Pflegerin haben, dachte Silvia und blickte dabei glücklich lächelnd in das fröhliche Gesicht unter dem weißen Häubchen. Klaus, der jetzt in Tübingen studierte, war nur in den Ferien zu Hause. Dann aber freute auch er sich herzlich über jeden Besuch der Freundin.

Obgleich Herr Bleubert nörgelte, blieb Wilhelma noch ein zweites Jahr im Kinderkrankenhaus und machte nebenbei auch einen Kurs in der Krankenpflege für Erwachsene mit. Wie freute sich Frau Bleubert, als ihr einstiges Sorgenkind eines Tages begeistert schrieb: »Im Frühjahr mache ich meine Prüfung. Du glaubst gar nicht, wie ich mich freue, wenn ich dieses Ziel erreicht habe.«

Frau Bleubert hatte ihrer Tochter nie mitgeteilt, wie schwer sie oft unter den Launen ihres Mannes zu leiden hatte, der mit Wilhelmas Lehrzeit gar nicht einverstanden war und es immer wieder erzwingen wollte, daß sie mittendrin abbrechen und nach Hause kommen sollte. Die gute Mutter, sie trug auch das zu all ihren täglichen Lasten und Sorgen stillschweigend und ließ nie etwas von diesen Kämpfen durchblicken, wenn sie an ihre

Tochter schrieb. Nur aus den letzten Briefen meinte Wilhelma etwas wie eine geheime Sorge zu lesen. »Vaters Gesundheitszustand will mir gar nicht recht gefallen«, hatte sie einmal geschrieben. Was sollte dem Vater fehlen? Nun ja, er wurde sechsundfünfzig Jahre alt, da mußte man schon mit allerlei Beschwerden rechnen. Besonders nach einem solchen arbeitsreichen Leben. Hoffentlich war es keine ernste Krankheit, die sich da ankündigte.

Zur selben Zeit, als Wilhelma ihre Prüfung in der Säuglings- und Krankenpflege mit der Note »Sehr gut!« bestand, machte Klaus seinen Doktor. Das gab natürlich Veranlassung für ein Fest in der Villa Zimmermann. Die beiden wurden gefeiert, als hätte nie ein Mensch vor ihnen solche Leistungen vollbracht. Klaus, der Wilhelma noch immer gar zu gern neckte, fragte sie: »Nun, Helmchen, kann ich bald meine Tätigkeit als verantwortlicher Arzt im Kinderheim Rosenhain aufnehmen?«

Da legte sich ein Schatten auf ihr eben noch so frohes Gesicht. Traurig blickte sie ihn an: »Klaus, wenn du wüßtest, wie bange es mir wird, wenn ich an zu Hause denke. Ich glaubte, ich hätte es endgültig überwunden, aber ich sehe, daß ich mich getäuscht habe. Es schüttelt mich, wenn ich mir vorstelle, daß ich vielleicht schon nächste Woche mit dem Servierbrett in der Hand durch den Speisesaal laufen muß.«

Klaus faßte nach ihrer Hand. »Verzeih, Helmchen, ich wollte dir nicht wehtun.« Warum sah er sie dabei so merkwürdig an? Sie wurde ganz verlegen und entzog ihm die Hand. Silvia, die die beiden still beobachtet hatte, nickte ihr liebevoll zu.

»Mut, kleine Freundin, – es wird schon recht werden!«

Ein paar Tage später zog Wilhelma im Rosenhain ein.

Während der letzten Jahre war sie immer nur kurz auf Besuch zu Hause gewesen. Nun hieß es, sich erst wieder richtig hineinfinden und einleben. Aber sie kam mit den besten Vorsätzen und hatte ihre kindischen Ideen von einstmals überwunden. Sie wußte, es ging nicht an, daß das ganze Haus sich nach ihren Wünschen richtete, sondern daß es ihre Pflicht war, sich anzupassen. Ein Glück, daß Hans Sprüngel, der Freund ihrer Kinderjahre, noch da war. Er stand auf dem Bahnsteig, als der Zug einlief, und grüßte mit seinem breitesten Lächeln. Dann streckte er ihr die Hand, in der so oft ihr kleines, weiches Kinderhändchen gelegen hatte, entgegen.

»Willkommen, Fräulein Helmchen, wir freuen uns, daß Sie wieder nach Hause kommen!«

Da blieb Wilhelma mitten auf dem Bahnhof stehen und tippte ihm mit dem Zeigefinger an die Stirne: »Bei dir stimmt's wohl nicht mehr da oben?«

»Warum?« fragte Hans und freute sich gleichzeitig fürchterlich, daß sie noch die alte geblieben war.

»Wenn du noch einmal Fräulein und Sie zu mir sagst, dann kehre ich auf der Stelle um und fahre zurück.«

»Um Gottes willen«, fuhr es ihm da heraus, »das laß lieber bleiben, dann hätten wir uns ja alle umsonst gefreut, und dann bist du dringend nötig.« Und er kratzte sich wie üblich verlegen hinter dem Ohr. Da erkannte sie, daß auch er noch der alte geblieben war, und munter plaudernd zogen sie dem Rosenhain zu.

Niemand aber konnte sich mehr freuen als die Mutter. Sie war selig, ihre Tochter nun wieder bei sich zu haben und wollte sie gar nicht mehr loslassen.

»Und wo ist denn der Vater?« fragte Wilhelma und blickte suchend umher.

»Ja, der Vater!« seufzte Frau Bleubert. »Komm nur, ich führe dich zu ihm.«

»Nanu, was ist denn mit ihm?« fragte Wilhelma bestürzt.

Die Mutter öffnete die Bürotüre. Da kauerte Herr Bleubert in einem Sessel, von Kissen gestützt, in Decken gehüllt, das Heizkissen an der Seite.

»Aber Vater!« rief Wilhelma erschrocken aus. »Was fehlt dir? Bist du krank?«

Und nun ging's los: »Krank? Was heißt krank? Das Reißen habe ich. Elende verflixte Geschichte, und ausgerechnet jetzt, wo die Gäste bald kommen. Es ist zum Aus-der-Haut-Fahren! Drei, vier Ärzte habe ich schon herangezogen. Seitenlange Rezepte haben sie aufgeschrieben, nichts hat geholfen. Ich möchte bloß wissen, was daraus werden soll! Wir können das Haus schließen, das ist gewiß! Und dann trifft das ein, was ich schon längst habe kommen sehen, dann sind wir ruiniert. Hätte ich dich nur kaufmännisch ausbilden lassen, dann säßen wir jetzt nicht so in der Klemme, aber nein, da mußte Krankenpflege gelernt werden; ich möchte bloß wissen, für was? Solch ein höherer Blödsinn! Aber natürlich, deine Mutter hat ihren Willen haben müssen, und sie hat ihn durchgesetzt. Und nun kommst du auch noch in dieser Schwesterntracht hierher! Glaubst du, daß ein einziger Gast das Haus betreten wird, wenn man dich in der Aufmachung sieht? Hinter jeder Krankenschwester steht doch schon der Sargfabrikant. Meinst du, die Gäste wollen in einem Sanatorium wohnen, wenn sie in die Sommerfrische reisen? Ach, ich sage ja ...«

Wilhelma versuchte den Vater zu unterbrechen. »Aber Vater, ich kann mich ja umziehen, ich habe ja genug andere Kleider, darüber mache dir nur keine Sorgen. Es wird schon klappen. Ich bin gar nicht so ungeschickt, wie du glaubst. Du wirst mir deine Anleitungen geben, und ich werde dich vertreten, solange du dich nicht wohl fühlst.«

»Das wird eine schöne Vertretung werden«, knurrte der Vater mißgestimmt.

»Jetzt mußt du vor allem gesund werden«, fuhr Wilhelma freundlich fort. »Wo hast du denn hauptsächlich Schmerzen?«

»Faß mich nicht an, ich sage dir, komm mir nicht zu nahe!«

Frau Bleubert gab Wilhelma einen Wink. »Komm, du mußt dich jetzt umziehen und dann etwas zu dir nehmen, du wirst hungrig sein.«

In ihrem kleinen Zimmer, in das Wilhelma so manche Not ihrer Kindertage getragen hatte, standen sie sich gegenüber. Wilhelma legte den Arm um die Schulter der Mutter: »Mutti, was mußt du durchgemacht haben! Warum hast du mir nichts davon mitgeteilt?«

»Ich wollte dein Herz nicht auch noch beschweren.«

»Gute Mutti!«

Weiteres konnten sie schon nicht mehr miteinander besprechen, denn die Stimme des ungeduldigen Vaters drang zu ihnen herüber. »Margarete, wie lange soll ich noch warten?«

Frau Bleubert eilte davon. Nun stand Wilhelma am Fenster ihres kleinen Stübchens und schaute hinaus in den Park, in dem wieder einmal Goldregen und Flieder blühten. Und es war, als würde eine unerträgliche Last auf ihre Schultern gelegt. Nun ging das alte Elend wieder an, sie meinte sich als Kind zu hören: »Ich hasse die Fremden!« War sie nicht ganz nahe daran, wieder genauso zu denken? Und um wieviel schwerer würde jetzt alles sein, wo der Vater krank und durch sein Leiden ungeduldiger und gereizter als je zuvor dem Betrieb des Hauses nicht mehr voll vorstehen konnte. Die Last wollte ihr zu schwer erscheinen. Sie war ja noch ein so junges Menschenkind. War sie denn imstande, eine solche Verantwortung auf sich zu nehmen? Und wenn es dann nicht klappte? Der Vater würde es ihr nie verzeihen, wenn das Hotel unter ihrer Leitung schlechter ging. Aber nein, sie hatte in den letzten Jahren zu viel gelernt, um nun gleich mutlos die Flinte ins Korn zu werfen. Sie wollte es wenigstens versuchen, den Vater zu ersetzen. Ihr Allerbestes wollte sie im Vertrauen auf ihren himmlischen Vater geben – und dann würde man ja sehen, wie sich alles weiter entwickelte. Natürlich schien es jetzt mit der Ausführung ihres langersehnten Planes recht trostlos auszusehen. Jetzt hieß es vor allem, die arme, müde Mutter zu entlasten und dem kranken Vater zu helfen. Und als sie sich innerlich tapfer dazu entschloß, meinte sie plötzlich Silvias Stimme zu hören: »Nur Mut, kleine Freundin, es wird schon alles recht werden!«

Leicht war es bestimmt nicht! Aber Wilhelma hielt durch. – Man mußte sich nur wundern, wie sie den großen Apparat des ganzen Hauses beherrschte und sich bei den Angestellten durchzusetzen wußte, so daß alle, die Hausmädchen, die Küchenangestellten, der Gärtner und natürlich auch Hans Sprüngel und seine Frau ihr aufs Wort gehorchten. Das größte Wunder aber war wohl doch, wie sie sich jetzt den Gästen gegenüber eingestellt hatte. »Was für eine reizende Tochter haben Bleuberts!« Das war die Meinung der Fremden ohne Ausnahme.

»Wie angenehm ihre Umgangsart ist, sie muß eine gute Ausbildung gehabt haben.«

»Ich wüßte nicht, was ich ohne dich tun sollte«, behauptete Frau Bleubert. »Durch die anstrengende, stets weit über meine Kräfte gehende Arbeit in all den vielen Jahren bin ich so verausgabt, daß ich dieser großen Aufgabe nicht mehr gewachsen wäre.«

Obgleich Wilhelmas Ideal nach wie vor der Dienst an Kindern blieb, erfüllte sie das Lob der Mutter doch mit Stolz und Freude.

Nur der Vater knurrte ständig und behauptete täglich wiederholt, daß man das Haus schließen könne, der Zusammenbruch sei nicht mehr aufzuhalten. Wilhelma aber ließ sich durch sein launenhaftes, ungerechtes Urteil nicht beeinflussen. Sie schrieb seine Gereiztheit der Krankheit zu, die von Tag zu Tag mehr um sich griff, so daß er sich schließlich nur ganz mühsam an zwei Stöcken vorwärtsbewegen konnte. Wie gut, daß sie in der Krankenpflege auch dafür Verständnis bekommen hatte. So blieb sie geduldig und liebevoll. In den späten Nachtstunden, wenn alles schlief, saß sie am Schreibtisch, erledigte die Buchführung und korrespondierte mit Gästen und Lieferanten. Natürlich arbeitete sie weit über ihre Kräfte, und Klaus Zimmermann, der einmal zu Besuch in Rosenhain weilte und sie mit den Augen des Arztes anschaute, schüttelte besorgt den Kopf. »Helmchen, Helmchen, wie soll das enden?«

Die einzigen Lichtblicke in dieser schweren Zeit waren die Briefe von Silvia. Wie lieb verstand diese, Wilhelma zu trösten und ihr Mut zuzusprechen. Sie wohnte auch wieder für ein paar Wochen mit Schwester Dora in der Pension Waldblick, aber jetzt fand Wilhelma kaum Zeit, einmal ein Feierstündchen bei der Freundin zu verleben, denn man stand mitten in der Saison.

Herr Bleubert konnte nun allmählich nicht länger leugnen, daß er an seiner Tochter doch eine tüchtige Stellvertreterin hatte, aber er gab das nicht gerne zu. Außerdem war er an das Kritisieren so gewöhnt, daß er auch jetzt noch oft Grund zum Nörgeln fand. Seine Ungeduld war unbeschreiblich. Mußte er einmal auch nur ein paar Minuten warten, bis einer seiner vielen Wünsche erfüllt wurde, dann konnte er jetzt auf einmal schimpfen: »Natürlich, die Gäste, – die gehen vor, – da rennt das ganze Haus, wenn nur einer auf den Knopf drückt.«

»Aber Vater«, erwiderte Wilhelma dann lächelnd, »so wolltest du es doch immer haben.«

»Ja, gewiß, – aber muß deswegen ein alter, hilfloser Mann vernachlässigt werden?«

»Das tun wir ja auch nicht. Du siehst doch, daß Mutti längst über ihre Kraft arbeitet. Wäre es nicht besser, wenn wir eine Pflegerin für dich anstellen würden?«

Da brauste er auf: »Du bist wohl nicht recht gescheit! Vielleicht noch so eine mit weißer Haube, daß überhaupt kein Fremder mehr das Haus betritt.«

Es war unsagbar schwer, ihm etwas recht zu machen, und Helma war oft nahe daran, mutlos zu werden. Hätte sie nicht aus ihrer Lehrzeit im Krankenhaus gewußt, daß der Vater wirklich heftige Schmerzen auszuhalten hatte, es wäre ihr unmöglich gewesen, den Kopf hoch zu behalten.

So verging die erste Saison unter ihrer Leitung. Wilhelma war vollkommen erschöpft. Wie sollte das nur weitergehen?

Während des Winters verschlimmerte sich der Zustand des Vaters derart, daß er wochenlang das Bett nicht verlassen konnte. »Ach, wozu habe ich nun mein ganzes Leben lang so drauflosgearbeitet«, jammerte er und gab sich seiner verzweifelten Stimmung haltlos hin. »Ganz umsonst war alles, ganz umsonst. Wenn Wilhelma wenigstens eine Junge gewesen wäre oder wenn sie sich verheiraten würde, damit eine männliche Kraft ins Haus käme – sie ist ja viel zu schwach für die Leitung des Betriebs eines solchen Hauses. Im nächsten Jahr können wir uns alle drei begraben lassen, ich sehe es schon so kommen. Dann kann Hans Sprüngel hier die Sache weiterführen. Ach, was ist das doch für ein Jammerleben!«

Frau Bleubert und Wilhelma versuchten sich gegenseitig Mut zu machen und zu trösten, aber manchmal schien es wirklich, als ginge es über ihre Kraft. Frau Margarete durfte ihren Mann überhaupt nicht mehr verlassen. Dann warf er ihr Gleichgültigkeit seinem Leiden gegenüber vor. Nur wenn er Tage hatte, an denen die Schmerzen beinahe unerträglich für ihn wurden, unterließ er sein vorwurfsvolles Klagen. Dann mochte er auch einsehen, wie gut es war, daß Wilhelma die Krankenpflege gelernt hatte.

Eines Tages, es war kurz vor Weihnachten, stand Wilhelma am Fenster des Büros und blickte hinaus in den verschneiten Garten. Ihr Herz war schwer, die Zukunft sah so trüb aus. Plötzlich hielt ein Auto vor dem Portal, ein Herr stieg aus und eilte durch den Garten dem Hause zu. Sah sie recht? – Doktor Zimmermann? – Klaus? – Tatsächlich, da war er schon!

»Helmchen, nicht wahr, du staunst?«

»Willkommen, Klaus, ich freue mich!«

»Hast du etwas Zeit für mich? Ich muß dich sprechen, dich ganz allein!«

»Komm nur gerade zu mir ins Büro, dort sind wir ungestört.«

Und als die beiden in der Dämmerung des Winterabends zusammensaßen, bekannte ihr der Freund, daß er sie von Herzen liebhabe und gekommen sei, sie zu fragen, ob sie seine Frau werden wolle.

»Klaus!« – Mehr konnte Wilhelma zuerst gar nicht antworten. Dann legte sie den Kopf an seine Schulter und gestand ihm, daß sie ihn ebenfalls sehr liebhabe und gerne seine Frau werden würde, aber – »was wird der Vater sagen, und was wird aus dem Rosenhain?«

»Ein Kinderheim natürlich, nichts anderes als ein Kinderheim, Helmchen.«

Da schlang Wilhelma die Arme um den Hals ihres Freundes, der nun im wahrsten Sinne des Wortes ihr treuester Freund geworden war, und jubelte: »Wenn du mir dabei hilfst, Klaus, dann wird es bestimmt so werden.«

Und dann kam Weihnachten. Diesmal hatte man keine

Wintergäste im Rosenhain aufgenommen, denn Herr Bleubert lag besorgniserregend krank darnieder. Es war eine Frage, ob er das neue Jahr erleben würde, wenn es so weiterging. Die Hausangestellten hatten Weihnachtsferien bekommen. Familie Bleubert war allein. Frau Margarete saß am Bette ihres Mannes, der schon tagelang erstaunlich ruhig und verschlossen gewesen war. Es schien, als verarbeite er in seinem Innern ein schweres Problem. Bis jetzt hatte er noch zu niemand darüber gesprochen. Besorgt blickte ihm seine Frau in das eingefallene Gesicht. Er kam ihr so verändert vor.

Als von draußen der Klang der Weihnachtsglocken zu ihnen hereindrang, öffnete sich die Türe und Wilhelma trat herein. Sie trug ein lichtblaues, weiches Kleid. Ihre Zöpfe waren wie eine Krone um ihr Haupt gelegt, in der linken Hand hielt sie ein kleines Tannenbäumchen, von dessen Zweigen weiße Lichter strahlend erglänzten, in der rechten einige Päckchen. Sie stellte das Bäumchen auf einen kleinen Tisch, rückte diesen ans Bett des Vaters und legte einige Geschenke darauf. »So, nun wollen wir zusammen Weihnachten feiern«, sagte sie und setzte sich zu den Eltern. »Wie geht es dir heute, Vater?«

Da griff der kranke Mann plötzlich nach der Hand seiner Tochter und sah sie mit einem langen Blick an. Es bereitete ihm sichtlich Mühe, seine Rührung zu unterdrükken.

»Wilhelma, – mein Kind«, sagte er, »ich muß dir etwas bekennen. Seit Tagen und Nächten beschäftigen mich diese Gedanken stark, und ich finde es an der Zeit, sie auszusprechen. Doktor Zimmermann hat an mich geschrieben und mich um deine Hand gebeten. Gleichzeitig hat er mir euern gemeinsamen Zukunftsplan mitgeteilt.

Daß er dich zur Frau begehrt, ist eine Ehre für uns. Ich schätze ihn und seine Familie sehr, aber daß unser Haus, für das ich mein Leben lang gearbeitet habe, eine andere Bestimmung bekommen soll, das will mir nicht so recht hinunter. Ich habe zuerst gemeint, es sei mir unmöglich, meine Zustimmung dazu geben zu können.

In den langen Nachtstunden jedoch, als mich die Schmerzen nicht schlafen ließen und ich Zeit und Muße hatte, über mein Leben nachzudenken, da war es mir, als sehe ich Friederike, meine alte Kinderfrau, vor mir und hörte sie sprechen, und plötzlich kam mir die Erkenntnis, daß sie recht hatte, wenn sie mich warnte, ganz und gar nur in dem Betrieb unseres Hotels aufzugehen. Es ist wahr, ich habe seit Jahren weder an mich selbst noch an euch gedacht. Ich habe Mutter und dir zu große Bürden aufgeladen. Arbeit ist recht und gut, aber sie darf doch nicht das ganze Leben ausfüllen, – und wer über ihr die Werte des Lebens außer acht läßt, der erkennt am Abend seines Daseins, wie arm er innerlich geblieben ist. Diese Erfahrung möchte ich meinem einzigen Kind einmal ersparen, und aus diesem Grunde, nicht aber zuletzt auch, weil ich gesehen habe, wie du dir Mühe gabst, meine Wünsche zu erfüllen, dich den Aufgaben unseres Hauses zu widmen, und außerdem nie die Geduld verlorst, wenn ich ungerecht und unzufrieden war, will ich dir deinen Wunsch erfüllen. Hotel Rosenhain werde ein Kinderheim! Laß deine kleinen Gäste, die du seit Jahren herbeisehnst, einziehen und werde glücklich mit Klaus Zimmermann.«

Frau Margarete weinte leise vor sich hin. Sie glaubte es nicht fassen zu können, was sie soeben erlebt hatte. Wilhelma aber spürte in diesem Augenblick etwas von der großen Liebe, die trotz aller Mißstimmungen der vergangenen Jahre im Herzen ihres Vaters ihr gegenüber gewohnt hatte. Sie beugte sich tief ergriffen über die Hand des kranken Mannes und flüsterte: »Ich danke dir, Vater!«

Das war wohl der schönste Weihnachtsabend, der je im Hotel Rosenhain gefeiert wurde.

Das nächste Frühjahr kam. In Fichtenau gab es eine alle Leute erregende Neuigkeit. »Habt ihr's schon gehört, habt ihr das Schild am Rosenhain schon gesehen?« »Wie denn?« »Was denn?« Ja, am Hotel Rosenhain war ein großes Schild angebracht, die Aufschrift lautete:

Für den Kurbetrieb geschlossen.
Eröffnung des Kinderheimes von Dr. Zimmermann
am 1. Juni.

Ganze Scharen von Arbeitern rumorten in dem Haus. Mit hellen, lustigen Farben wurden die Zimmer gestrichen, bunte Bilder schmückten die Wände, weiße Bettchen wurden auf großen Lastautos abgeliefert, ebenso weiße Tische und Bänke. Im Park wurden Schaukeln aufgerichtet und Sandkästen hingestellt. Es war ein emsiges Schaffen.

Der 1. Juni brach an. Ein strahlend heller Sommertag. Herr Bleubert ruhte weich gebettet am offenen Fenster seines Wohnzimmers im Sonnenblick. Er bewohnte von jetzt an mit seiner Frau das hübsche Schwarzwaldhaus im stillen Winkel des Parkes. Wohl war er noch immer sehr krank, aber die Frühlingssonne schien ihn doch etwas aufgerichtet zu haben, denn seit den ersten warmen Tagen ging es ihm wesentlich besser.

Wilhelma war seit vier Wochen verheiratet. Die Hochzeit hatte in Obersteinheim stattgefunden, in dem Haus, in dem vor Jahren das verirrte Kind Zuflucht gefunden hatte. Silvia hatte Wilhelma in ihre Arme geschlossen.

»Nun sind wir Schwestern, Helmchen, wie bin ich glücklich, und nicht wahr, ihr haltet mir im Rosenhain immer ein Stübchen frei, daß ich jedes Jahr für ein paar Wochen zu euch kommen kann?« Hans Sprüngel und seine Frau blieben selbstverständlich als Hausmeisterfamilie im Hause. »Die neue Art von Gästen sagt mir bestimmt zu«, sagte Hans lachend, der jetzt selbst schon zwei kleine Buben hatte.

Und heute wurden sie erwartet: Wilhelma und ihre Gäste.

Herr Bleubert zog ungeduldig die Uhr. Seine Frau stand hinter ihm am Fenster und blickte erwartungsvoll zum Portal. Und jetzt – hörte man Kinderstimmen. Nun öffneten sich die großen Tore zum Park, und dann traten sie schüchtern ein, dreißig, vierzig Kinder, alle blaß und elend, mit hohlen Wangen und mageren Gliedern. Vor ihnen her aber, die beiden Kleinsten an der Hand führend, ging Wilhelma. Ihre Augen strahlten, die Wangen glühten, – quer über den Rasen schritt sie zum Sonnenwinkel, wo die Eltern wohnten, und die ganze Schar folgte ihr wie die Küchlein der Henne.

Da war es plötzlich, als ob sich eine Wandlung im Herzen des kranken Mannes dort im Liegestuhl vollzöge, Tränen traten in seine Augen. Er wandte sich seiner Frau zu, die ebenso bewegt das Bild in sich aufnahm, und sagte: »Gott sei Dank für unsere neuen Gäste. Er hat alles gut gemacht!«

Weitere Erzählungen von Elisabeth Dreisbach als Taschenbuch-Ausgabe:

Herz zwischen Dunkel und Licht
141 Seiten. Taschenbuch Nr. 1

Es wird ein Schwert durch deine Seele dringen
188 Seiten. Taschenbuch Nr. 2

Ganz wie Mutter
159 Seiten. Taschenbuch Nr. 3

Heilige Schranken
271 Seiten. Taschenbuch Nr. 4

... und alle warten
253 Seiten. Taschenbuch Nr. 5

Wenn sie wüßten ...
253 Seiten. Taschenbuch Nr. 6

Glied in der Kette
256 Seiten. Taschenbuch Nr. 7

Steffa Matt
190 Seiten. Taschenbuch Nr. 8

Die Lasten der Frau Mechthild
243 Seiten. Taschenbuch Nr. 9

Des Erbguts Hüterin
239 Seiten. Taschenbuch Nr. 10

...und dennoch erfülltes Leben
Fortsetzung der Erzählung »Des Erbguts Hüterin«
243 Seiten. Taschenbuch Nr. 11

CHRISTLICHES VERLAGSHAUS

Der dunkle Punkt
212 Seiten. Taschenbuch Nr. 12

Die Versuchung der Chiara Frohmut
240 Seiten. Taschenbuch Nr. 13

Große Not im Kleinen Kaufhaus
240 Seiten. Taschenbuch Nr. 14

... und haschen nach Wind
267 Seiten. Taschenbuch Nr. 15

Was dein Herz wünscht
Fortsetzung der Erzählung »... und haschen nach Wind«
240 Seiten. Taschenbuch Nr. 16

... und keiner sah den Engel
246 Seiten. Taschenbuch Nr. 17

Lisettens Tochter
256 Seiten. Taschenbuch Nr. 18

Du hast mein Wort
277 Seiten. Taschenbuch Nr. 19

... daß Treue auf der Erde wachse
Fortsetzung der Erzählung »Du hast mein Wort«
256 Seiten. Taschenbuch Nr. 20

Alle deine Wasserwogen
254 Seiten. Taschenbuch Nr. 21

Die zerissene Handschrift
Fortsetzung der Erzählung »Alle deine Wasserwogen«
248 Seiten. Taschenbuch Nr. 22

CHRISTLICHES VERLAGSHAUS

In Gottes Terminkalender
256 Seiten. Taschenbuch Nr. 23

Kleiner Himmel in der Pfütze
Fortsetzung der Erzählung »In Gottes Terminkalender«
256 Seiten. Taschenbuch Nr. 24

Eine Hand voll Ruhe
205 Seiten. Taschenbuch Nr. 25

Das verborgene Brot
223 Seiten. Taschenbuch Nr. 26

Was dir vor die Hände kommt
Fortsetzung der Erzählung »Das verborgene Brot«
256 Seiten. Taschenbuch Nr. 27

Ich aber meine das Leben
238 Seiten. Taschenbuch Nr. 28

Liebe ist immer stärker
206 Seiten. Taschenbuch Nr. 29

Ein Freund wie du
220 Seiten. Taschenbuch Nr. 30

Die Kinder von Markeden
192 Seiten. Taschenbuch Nr. 31

Hotel Rosenhain
180 Seiten. Taschenbuch Nr. 32

Dreisbach Lesebücher

464 Seiten. Kartoniert
Best.-Nr. 297032

384 Seiten. Kartoniert
Best.-Nr. 297033

Elisabeth Dreisbach ist eine der bekanntesten und herausragendsten christlichen Erzählerinnen unserer Zeit. Seit vielen Jahren schreibt sie Geschichten für Kinder, Jugendliche und ältere Menschen. Viele Leser und Leserinnen haben durch ihre Bücher Lebenshilfe und Glaubensstärkung erfahren.
In den beiden Lesebüchern sind jeweils einige ältere und neuere Erzählungen der Schriftstellerin vereinigt. Sie sind beste Lektüre für stille Abende oder für die Ferienzeit. Sie wollen unterhalten, gehen aber auch auf Fragen und Probleme des Lebens ein und führen letztlich zu Gott.

CHRISTLICHES VERLAGSHAUS